光文社文庫

文庫書下ろし

クリーピー スクリーチ

前川　裕（ゆたか）

光　文　社

この作品は光文社文庫のために書下ろされました。

目次

クリーピー　スクリーチ

creepy

（恐怖のために）ぞっと身の毛がよだつような；
気味の悪い

screech

荒々しく甲高い声（音)、金切り声、悲鳴

（『小学館ランダムハウス英和大辞典』第一版）

プロローグ

不意の豪雨だった。

雨滴が研究室の窓ガラスを強く打ち付け、埠頭に寄せる波のように砕け散った。一瞬にして明るい夏空が消え、巨大な黒雲が天空を覆う。室内にも黒い影が浸潤し、曖昧な薄闇の色域が出現した。

高倉孝一は、再び窓からノートパソコンのスクリーンに視線を移した。空調の音に混じって、遠くで雷鳴が微かに聞こえている。

日野市郊外の琉北大学キャンパス。そのほぼ中央に建つのが、八階建ての研究室棟だ。四階の角部屋が高倉の研究室である。赴任してまだ三ヶ月だから、学内のことはほとんど分からなかった。

未だに周辺に田園風景を残す広大なキャンパスは、高倉には新鮮だった。

高倉が長く勤めていた東洛大学は新宿にあり、学生数の割に敷地面積はかなり狭かった。次に特任教授として赴任した九州の女子大も、博多という大都会にあった。

それに比べて、琉北大学はＪＲ日野駅からバスで三十分くらい掛かる場所にある。通勤は不便だが、せせこましい都会の雑踏から逃れられるという意味では、高倉にふさわしい環境だったのかもしれない。

高倉は過去に関係した事件は忘れて、学究的な生活を送る決意をしていた。犯罪心理学者として警察に協力し、現実の凶悪事件と対峙した、あの悪夢のような時間を記憶の闇に葬りたかったのだ。

高倉はパソコンのスクリーンに映る、二人の白人男性の白黒写真を見つめた。ジョージ・ヨークとジェイムス・レイサム。一九六一年のアメリカで、七人の男女を次々と強盗目的で襲って殺害した、無慈悲な殺人者たちである。

「ヨーク・レイサム事件」としてアメリカ社会を震撼させ、世界の犯罪史に残る大事件となったが、この事件が有名になった理由として、二人が共に非常に容姿端麗だったことがある。裁判には、全米の若い女性が殺到したという。

高倉は犯罪心理学の専門誌に掲載予定の、「ヨーク・レイサム事件」に関する論文を構想中だった。

写真で見ても、ヨークもレイサムも確かに端整なマスクの持ち主だった。この二人の容姿から、フロリダ、テネシー、イリノイ、カンザス、コロラドに及ぶ殺人行脚を想像することは難しい。ヨークとレイサムは、結局、一九六五年にカンザス州で絞首刑を執行されている。

遠くの雷鳴が止み、再び、窓の外に明るい日差しが復活した。室内の電子時計が午後三時十分過ぎを指している。

その日は七月十七日だった。来週が前期の最終授業週で、そのあとは定期試験。それが終われば夏休みだ。しかし、夏休みに入っても、高倉は大学の研究室で仕事をするつもりだった。とにかく、夏休み中に論文を一本仕上げるのが目標である。

高倉は思い出したように立ち上がり、戸口近くの書棚の奥に置かれた小型冷蔵庫から、冷えた缶コーヒーと白い紙パックの箱を取り出した。室内中央の焦げ茶のソファーに腰を下す。テーブルの上で、缶コーヒーのプルトップを引き、紙パックを開いた。紙パックの中には、イチゴのショートケーキが一個入っている。

昨晩、妻の康子（やすこ）がショートケーキを二個買ってきた。一つは自分で食べ、もう一つを高倉に勧めたが、夕食後に出されたので食べなかった。今朝、大学に出かけようとしていたとき、康子が不意にそれを玄関先まで持ってきて、こう言ったのだ。

「これ、大学で食べて。甘い物を食べると心が落ち着いて、殺伐（さつばつ）としたことを考えなくて済むのよ」

妻の言葉を思い出しながら苦笑した。殺伐としたことを考えるのが高倉の仕事なのだ。

だが確かに、現実の事件に関わるのは、もうごめんだった。康子の言葉にも、それを望んでいないという優しい心遣いが込められていることを、高倉はもちろん分かっていた。

昼食を摂っていなかったので、幾分、空腹だった。甘い物が嫌いなわけでもない。缶コーヒーを一口飲み、ショートケーキに口を付けようとした瞬間、ノックの音が聞こえた。

高倉は立ち上がり、ゆっくりと戸口に向かった。

ドアスコープを覗く。例の事件で身につけた習性だ。高倉は小さく頷きながら、扉を開けた。

文学部事務課主任の島本龍也が扉の外に立っていた。三十代の半ばに見える、小太りの男だ。鼻眼鏡気味の、銀縁の眼鏡が印象的である。身長は長身の高倉の顎辺りまでしかない。

「すみません、突然、お邪魔しまして。少し事務的なことでご相談したいことがありましたので」

「そうですか。どうぞお入りになってください」

高倉は丁寧な口調で応えた。島本を室内に迎え入れながら、缶コーヒーと紙パックを窓際のデスクに移動させた。

島本は高倉に勧められて、焦げ茶のソファーに座ると、すぐに用件を切り出した。

「実は、三年生に御園百合菜という学生がいるのですが、その学生が後期から先生のゼミに入ることを希望しておりまして――」

「いいえ、そうではなく、登録して正式のゼミ生になるという意味です」

「聴講という意味ですか？」

高倉は、まだ、学務上のルールをよく理解していなかったので、こう訊き返したのだ。

「事務的にそんなことが可能なのですか？」

「通常はできません。もう前期の登録期間は過ぎていますし、ゼミの場合、一年単位の履修が原則で、後期からの登録は認められていませんから。しかし、この学生にはそれを認めざるを得ないような特殊な背景がありまして――」

島本はここで言葉を切った。やっかいなことになるかもしれない。高倉は、直感的に暗い予兆を感じ取ったように、その端整な顔を幾分曇らせた。

第一章　金切り声

（1）

いつも通り出勤した。事務室の電子時計は、かっきり九時二十九分を指している。パンクチュアル龍也（たつや）という高校時代のあだ名を思い出した。もっとも、今の勤務先でそのあだ名を知る者はいない。もともと遅刻は厳禁の世界だから、少なくとも事務職員のほとんどがパンクチュアルなのだ。

それに比べて、教授たちは時間に関してはデタラメに近い。「授業改善アンケート」が導入されて以来、さすがに授業に遅刻する教員は著（いちじる）しく減った。しかし、会議などの遅刻は日常茶飯事だ。成立要件が厳密に決められている教授会でさえ、多くの教授が遅刻して、なかなか教授会が成立せず、学部長がやきもきするのもごく普通の光景である。

その日は七月十五日で、月一回、水曜日に行われる教授会のある日だった。僕は遅い帰宅を覚悟していた。教授会が午後三時半から始まって夜の八時頃まで掛かることも稀ではない。それでも教授たちにとっては、どうということはないのだ。遅刻はやり放題、教授会終了時までいなくても誰にも咎められることはない。「ちょっと用事があったもんでね」それで、おしまいだ。

しかし、主任の僕は事務サイドで教授会に出席する唯一の人間だから、遅刻も早退もできない。それどころか、開始一時間前に教授会の行われる会議室に入り、いろいろな準備をしなくてはならない。

各教員に渡す膨大な資料を入り口の長テーブルの上に積み上げ、録音用のマイクをセットする。その他、空調を季節にふさわしい温度に設定し、カーテンを上げるのも僕の仕事だ。教授会終了後も最後まで残って鍵を掛け、管理室に鍵を返却する。

その日、教授会が終わったのは、やはり夜の八時過ぎだった。僕は教授会の開かれた研究室棟五階の第一会議室からエレベーターで一階に下り、管理室に詰める警備員に鍵を返却した。いちいち貸し出し記録に記入しなければいけないから、結構面倒なのだ。

僕はとろんとした目をした、いかにもやる気のなさそうな表情の若い警備員が差し出す帳面に、僕の氏名と所属学部を書いた。いったん、研究室棟と並び建つ、教室棟一階にある文学部事務室に引き返し、重要書類を自分のデスクの引出しにしまい、鍵を掛けた。それからコンピューターを立ち上げ、勤務員番号とパスワードを打ち込み、勤務終了時間を記録する。

自宅アパートのある荻窪に戻ってきたのは、夜の九時過ぎだった。南口のコンビニで弁当を買い、十分くらい歩いて二階の部屋に戻る。

蒸し暑い夜だった。クーラーを点けた六畳の畳部屋で、座卓の前にあぐらをかいて、テレビを見ながら弁当を食べ終わった。それから、ごろりと横になって、テレビを見続けた。テレビ番組にもほとんど興味がなかったが、それ以外に特にやることもないのだ。

僕の人生は大学に進学しなかったところで終わっていた。僕は勉強が苦手だったわけではない。都立のそこそこのレベルの高校では、トップクラスの成績だった。僕も両親も、僕が大学へ行くのは当然と考えていた。

特に僕のような何の魅力もない男は、学歴で勝負するしかないのだ。ところが、商社員だった父が不意に脳溢血で倒れ、一週間後に病院で息を引き取った。僕にとっても母にとっても、決定的な打撃だった。僕は一人っ子だったから、当てにすべき他の兄弟姉妹もいない。結局、母はスーパーのレジ係を始め、僕は大学進学を諦め、琉北大学に就職した。

高卒としては、三十六歳で主任とは早い昇進だろう。僕は学内では仕事ができる人間と考えられているようだった。しかし、これ以上の出世はない。課長以上は大卒と決められているからだ。

僕は、さまざまな事務部門の主任を歴任し、六十歳で定年を迎えるだろう。僕はそんな夢も希望もない人生のレールの上を、規則正しく走る電車のようなものだった。

だけど、僕にだって他人より恵まれていることがないわけではない。金銭面では、僕は明らかに恵まれていた。

琉北大学の事務職員の給料が特にいいわけではない。しかし、三年前に母が乳がんで死に、僕が遺産を相続した。父が生きていた頃から貯めていた貯蓄や持ち家を売った代金、あるいは生命保険の死亡保険金などが僕の物になり、僕は六千万円を超える預金を持っている。

日常の生活は給料で十分だった。僕のように家族も恋人もなく、趣味もない人間は、金の使い所もないのだ。

電話が鳴った。嫌な予感。そもそも、夜に自宅の固定電話に電話してくる人間はほとんど考えられなかった。

「はい、島本です」

僕は警戒気味の声で応えた。

「夜分すみません。琉北大学学生部の柳瀬と申しますが」

透明な、若い女性の声が聞こえた。すぐにピンと来た。学生部の職員、柳瀬唯だ。

受話器のディスプレーには、琉北大学から掛けていることが分かる電話番号が表示されている。まだ仕事をしているのだ。夜の九時を過ぎてまで仕事をするなんて、他の事務部署では考えられなかったが、学生部ならあり得る。

奨学金などを含む学生の福利厚生や心身のケアを担当するのが、学生部の主な仕事だった。職員が遅くまで仕事をするのは、学生が遭遇する不慮の事故・事件はすべて学生部対応だからだ。あるいは、どの大学でも心身の病を抱える学生は急増しているから、唯が所属している学生部の学生相談室が特に忙しいのは、当然だった。

「ああ、柳瀬さん。どうも——」

僕は自分でも少し声が明るくなるのを感じた。唯とは、何回か大学全体の会議で顔をあわせたことがあった。挨拶する程度の関係で、もちろん親しく話したことなどない。

しかし、唯は若く美しい上に知的な雰囲気で、とても感じのよい女性だった。年齢は二十六歳くらいのはずだ。慶應(けいおう)大学の出身で、将来は大学行政の中心を担う幹部候補だという噂があった。そういうエリート職員は、勤め始めて二、三年で人事部に異動するのが普通だったが、唯は自ら望んで学生部に留まり続けているらしい。

僕は、唯の姿勢にも好感を抱いていた。いや、そんな言い方もきれい事に過ぎるだろう。僕は唯の見た目と知性に憧れていたのだ。

「ちょっと、学生のことでご相談したいことができちゃったんです。明日のお昼、お会いできませんか？」

「お昼と言いますと？」

僕は口ごもるように訊いた。

「ええ、できればお昼休み、ファカルティークラブでお昼ご飯でも御一緒しながらお話しできないでしょうか？　本当は業務中のほうがいいのでしょうが、明日、私のほうがいろいろと立て込んでいて、時間を取るのが難しくて。お昼休みに仕事の相談で本当に申し訳ないのですが、少し急ぐ案件でもありますので」

僕は、さらに気持ちが明るくなった。ひょっとしたら、やっかいなことが持ち込まれる可能性はあった。だが、そんなことはどうでもよかった。ともかく、明日、僕は唯と二人だけで食事ができるのだ。

結局、僕らは昼休みが始まる十一時半に、ファカルティークラブで待ち合わせる約束をした。ファカルティークラブと言うと聞こえはいいが、平たく言えば教職員食堂だ。

実際、教授連がそこで学内政治の話をしているような場所だった。唯は、話の中身は電話では話さなかったし、僕も訊かなかった。あと二言三言会話を交わしたように思うが、僕は上の空であまり相手の言うことをきちんと聞いていなかった。

明日、唯と二人だけのデートができる。僕は受話器を置いたあと、心の中でそう呟いてみた。思わぬ僥倖だった。臆病な僕が、唯のような美しい女性に自分からそんな申し込みができるはずがない。しかし、唯のほうから申し込んできたのだ。これが僥倖でなくて、何だろう。

テレビでは、くだらないバラエティー番組をやっている。有名な男性タレントが、若いアイドル系のタレントの恋愛相談を受けるという番組だ。

「そうやろ。チャンスは積極的に活かすことや。俺なんか、テレビ局の廊下ですれ違う女性には、とりあえずみんな声を掛けるんで——掃除のおばさんかて例外やないわ」

みんなが声をあげて笑っている。僕にはどこがおかしいのか、さっぱり分からなかった。だが、「とりあえず」という考え方は正しいのかもしれない。僕はとりあえず、明日、唯に会ってみるべきだろう。

（2）

翌日、僕が出勤すると、課長の野田にすぐに呼ばれた。課長席は、主任や平職員が座る場所からは少し離れた奥まった位置にある。

「君、落合先生の出張旅費はどうなってるの？」

野田は、いつも通りのせかせかした口調で言った。気が小さく、事なかれ主義を画に描いたような人物だ。

落合は文学部長だったから、権力に弱い野田が焦っているのは無理もなかった。落合が三ヶ月前に学部のために大阪に出張講演に出かけたときの出張旅費が事務的に処理されていなかったのだ。

結局、この件は同じ文学部事務課の中橋信二のミスであることが判明した。中橋は、課長と僕に平謝りに謝った。提出されていた出張旅費の請求文書を、自分のデスクの引出しにしまい込んだまま忘れていたという単純なミスだった。

野田は渋い表情で軽い皮肉を言ったが、僕は何も咎めなかった。中橋はまだ二十六歳と若く、業務にもそれほど精通していない。だが、いたって気のいい男なのだ。

琉北大学の卒業生だが、もともとスポーツ推薦で合格したらしい。高校時代は野球部のエースで、甲子園への出場経験もあるという。身長は百八十五センチで、痩せ形の彫りの深い整った顔立ちである。その上、さわやかな性格と来ているからもてないはずがなかった。

同じ文学部の事務職の加納希美など露骨に中橋に恋い焦がれていて、このときもしきりに中橋を庇うような発言を連発していた。ただ、野田も「とにかくすぐにちゃんと処理してよ。学部長には、俺が謝っとくからさ」と言ったので、話はそれほど大きくならず、これで終わりになった。

そんなことでごたごたしたあと、すぐに昼休みが来た。僕は軽い胸のときめきを感じながら、研究室棟五階のファカルティークラブに出かけた。

すぐに唯の姿が見えた。一番奥のテーブルに座っていた。僕の姿を認めると、唯はすぐに立ち上がって頭を下げた。ベージュのスカートに薄いピンクの半袖ブラウス。スカートは幾分、短めで肌色のストッキングで覆われた白い太股が僅かに覗いている。

上背は、女性としては高く、僕と同じ百六十七センチくらいの感じだが、ややかかとの高いハイヒールを履いているため、僕よりも高く見える。髪は短髪で、地味で清楚な印象だ。だが、よく見ると、顔立ちはとても整っていた。

中年のウェイトレスが近づいてきて、注文を取った。僕は海老ドリアを注文し、唯はシーフードスパゲッティーだ。

しばらく、どうでもいい話をした。安全で退屈な会話だ。僕はできるだけ自分の緊張を見せないように淡々と話した。

店内はそれほど混んでいない。二時限目の授業はまだ始まったばかりで、終了は十二時半だから、このレストランが本格的に混み始めるのは、そのあとなのだ。職員のほうが昼休みが早く始まるので、室内はほとんどが事務職員だった。しかし、僕たちが座るテーブルの前後は空席だった。

「それでご相談なんですが――」

唯は注文した料理が運ばれて来る前に本題を話し出した。昼休みは一時間だから、そうのんびりしてもいられない。

「実は文学部の尾関教授に関わることなんですが――」

唯が不意に声を落とした。僕はよくない話であることを直感した。だが、言葉を挟まず、唯の話を聞き続けた。

「御園百合菜という学生から、ハラスメントの訴えが出ているんです。御園さんは尾関ゼミの三年生なのですが、先生からほとんど日常的に二人だけで食事をすることを強要されていると訴えています。あまり度重なる要求なんで、近頃断っていると、急に今度は単位をあげないと言い出したんです。なんでも、そういう食事会はゼミ論の相談を兼ねているから、それに応じないということは、教授の教育に対する拒否だと言い出しているとか――。でも彼女によれば、そういう食事会のとき研究の話をしたことなど一度もないそうです」

尾関というのは、五十過ぎの心理学の教授だった。態度が横柄(おうへい)で、事務職員からも評判はよくない。それに、もともとセクハラやパワハラの噂が絶えない人物だった。

「しかし、そういう場合、まず『ハラスメント防止委員会』で協議して、訴えの根拠があると判断されれば、正式に調査委員会が発足するんじゃなかったですか？」

そういうことに関する僕の知識も曖昧だった。そんな業務に携わったことがなかったので、研修で説明されたうろ覚えの知識に基づいて、そう言ってみただけなのだ。だが、僕の言ったことはそう間違ってはいなかったようだ。

「ええ、原則的にはそうなんです。でも、『ハラスメント防止委員会』の協議の対象になるためには、本人の同意が必要なんです。しかし、御園さんはそれを望んでいないんです。まあ、これは女子学生の一般的傾向と言えるかもしれないんですが、対立をあまり激しくしたがらないところがあるんです。やっぱり、就職のことなんか考えるんじゃないでしょうか。会社からゼミの先生に何か問い合わせが来たような場合、よく言われないんじゃないかと——」

「じゃあ、彼女はどういう対処を望んでいるのだろうか？」

僕は、独り言のように言った。

「ゼミを替わりたがっているんです。そこが、島本さんにご相談させていただきたい点なんです」

唯はずばりと言った。僕はその時点で、話の流れが何となく読めた気がした。僕は先手を打つように言った。

「でも、履修科目の登録期間はもう終了していますからね。それに、演習は一年単位の履修しか認められていません」

「ええ、それは彼女も分かっているんです。でも、教授会が特例として認めれば、それも不可能ではないですよね。実は彼女、もともと尾関先生のゼミが第一志望じゃなかったんです。高倉先生のゼミが第一志望だったけど、高倉先生のゼミには学生が殺到したため、選抜のための面接試験が行われて、彼女、それで落ちちゃったそうです」

僕は、その事情はよく知っていた。高倉は新任の教授だった。新任教員の場合、ゼミ生の募集をしてもあまり集まらないのが普通である。

しかし、もともと著名な犯罪心理学者である高倉の場合は違った。特に、警察と共に、日野市や杉並区で起こった異常な連続隣人殺人と対峙して以来、高倉の知名度は一層上がり、そのゼミにも希望者が五十人以上集まっていたのだ。ゼミの人数は一学年で最大十人だから、四十人以上の学生が面接の結果、不合格となっていた。

「そうなんですか。でも、ゼミの移籍という点では、二つの問題点が考えられます。一つは、尾関先生の言い分は一先(ひとま)ず置くとしても、高倉先生がそれを認めるかどうかでしょうね。特にいったん不合格になっているわけですから、他の不合格になった学生との公平性という点でも、簡単にその学生の移籍を認めるのは問題があるでしょ」

我ながら、警戒心の強い喋(しゃべ)り方だった。唯の顔にも、軽い失望の色が広がり始めていた。

「おっしゃることは本当によく分かるんです。でも、御園さんも切羽(せっぱ)詰まっていて、私としてはどうしても何とかしてあげたいんです」

僕はあらためて唯の顔を見た。真摯(しんし)な表情だった。仕事とは言え、一女子学生のためにそこまでしてあげる唯に対して、僕は敬意に近いものを感じ始めていた。それに思わぬ僥倖で唯との間にできた業務上の関係をここで切りたくないという、幾分、邪(よこしま)な気持ちが働いていたことも認めないわけにはいかない。僕は口調をかえてこう言った。

「それじゃあ、こうしたらどうでしょう。僕がこの話を内々に落合学部長に話してみる。これが本当だとしたら、学部の最高責任者としても放置するわけにはいかないでしょう。落合先生が積極的に動いてくれれば、教授会がそういう特例を認めることもあり得ないわけじゃない」

唯の顔が明るくなっていた。僕の協力的な姿勢を少しは感じてくれたのかもしれない。

ここで注文した料理が運ばれてきたので、僕らの会話はいったん中断になった。ウェイトレスが去ると、僕は再び話し出した。

「ただ、そのためには、僕自身がその女子学生に会っておく必要がありますね。もちろん、柳瀬さんの話に間違いはないと思うのですが、学部長に上げる前に、僕の直接の上司の課長にも話さなければなりませんから、直接的な事情聴取をしておかないと――」

僕は野田の顔を思い浮かべていた。確かに、話の順序としてはそうなるのだ。ただ、事なかれ主義の野田が、すぐにこの話を学部長に持ち込むことに賛成するとは思えなかった。

「分かりました。実は明日の午後一時に、御園さんが学生相談室に来ることになっているんです。申し訳ないんですが、そのとき、島本さん、同席していただけるでしょうか？本当は私たちが文学部事務室に行き、そこで三人が話すべきかもしれないんですが――」

「いや、僕がそちらに行きます。文学部事務室ではかえって話しにくいですよ」

それはそうだった。文学部の事務室には、学生だけでなく、教員もかなり頻繁に出入りしているのだ。当の尾関がやって来ないとも限らない。

そのあと、僕らは食事を摂りながら、まったく無関係な話をした。僕にとって、唯のように若いきれいな女性と二人きりで話す初めての経験だったと言ってもいい。

唯はうまく僕の話に合わせてくれているようだった。年齢的には十歳ほど離れており、生活環境もかけ離れているだろうから、そもそも話が合うはずがないのだ。

ただ、唯は清純で、何よりも優しい人柄に見えた。僕に随分気を遣ってくれているのも分かった。

しかし、僕は同時に唯の性的な魅力を感じていなかったわけではない。何かの拍子に、椅子に座る唯の下半身が見え、その緩んだ股間から、白い太股の膨らみがくっきりと僕の目に映じることがあった。その一瞬、刺すような刺激が僕の胸を貫いた。

スパゲッティーを口に運ぶ瞬間、薄いルージュがぬめるような光沢を発するのにも気づいていた。そんなとき、同じような刺激を感じた。

清楚さと性的な魅力は、必ずしも矛盾するものではない。いや、むしろ僕は、そのいびつな不均衡を愛していたのだ。

（3）

御園百合菜は、唯とはまったく違うタイプで、いかにも今時の女子学生という雰囲気だった。白のショートパンツに、紫の地に赤い花柄のボーダーのTシャツという服装だ。履き物は、透明のビニールサンダル。

目、鼻、口などのパーツがしっかりと区切られている印象で、一言で言えば、派手で目立つ顔立ちだった。きれいと言えばきれいなのだろうが、僕の好みではない。

僕たちは、室内の少し奥まった場所にあるテーブルで話した。僕は唯の横に座り、百合菜と対座する恰好になった。

「文学部事務課主任の島本さんです。今度の件では、いろいろと協力くださっている方ですから、あなたも安心して相談してくださいね」

唯の言葉に、内心ぎょっとしていた。それはちょっと違うと思った。僕は、やはり中立的な立場を貫きたかった。事務員としての身の処し方は分かっているつもりだった。

「島本です。今日は、あなたの言い分を改めて聴取するのが目的ですから、これまで柳瀬さんにお話しなさったことを客観的に聴かせていただきます」

僕は、「客観的に」という言葉をかなり意図的に挟んだつもりだった。

「ですから、私に話したことの繰り返しであっても構わないの。もう一度、それを島本さんに話して欲しいのね」

百合菜の緊張を解くように、唯が砕けた口調で言った。しかし、百合菜は緊張した表情を崩さずに、おずおずと訊いた。

「あの、今日、私が話すことは『ハラスメント防止委員会』の正式な議題に上がるのでしょうか？」

どうやら、百合菜は既にセクハラの訴えが起こったときの、手続きの流れを唯から説明されているようだった。

「そうじゃないわ。今日、島本さんに来ていただいたのは、そういう手順を避けるためでもあるの。島本さんに、内々で、あなたのゼミ変更が可能かどうかを文学部長に打診していただくのが目的なんです」

「そうすると、結局、私がこういう訴えをしていることは、尾関先生にはばれちゃいますよね」

百合菜は考え込むように言った。やはり、尾関との直接対決は避けたいのだ。

「それは仕方ないんじゃない。あなたがゼミを替われば、それは遅かれ早かれ分かっちゃうことでしょ。今すぐには、ばれないと思うけど」

唯が説得するように言った。

「僕が文学部長に打診するのは、あくまでも非公式だし、文学部長も学部の最高責任者としての責任があるから、そんなことを軽々しく他の人には話さないはずです。だから、尾関先生がこのことをすぐに知ることはないと思うよ」

僕は、唯に助け船を出すつもりで言った。実際、百合菜もその発言に安心したのか、ここ数ヶ月の間に尾関との間に起こったことをようやく話し始めた。僕らは、しばらくの間、百合菜の話を聞き続けた。

「君が四月から尾関先生のゼミ生になって、今まで、二人だけで食事をしたのは何回くらいですか？」

百合菜が一通り話し終わったとき、僕は訊いた。

「六回だと思います」

「みんな、尾関先生から誘ったんだね」

「はい、そうです」

百合菜の返事によどみはなかった。

「だけど、君の話を聞いてもよく分からないのは、二人の間でどんな会話が交わされていたのか、ということなんだ。さっきも言ったように、これは非公式に学部長に持って行く話だから、正式に話すというよりは、内々に僕たちに会話の中身を教えて欲しいんだけど」

ここで初めて、百合菜は一瞬黙った。やはり、すぐには言いにくい会話があったのだろう。

「嫌だったのは、あの先生、お酒を飲むと、すごく性的なことを言い出すんです」

「性的なこと？　例えば、どんな？」

僕は容赦なく訊いた。唯がちらりと僕の顔を見るのを感じた。

「例えばですか？」

百合菜は言い淀むように言葉を切った。それから、決心したように話し始めた。

「君はショーパンよりミニスカのほうが似合うから、次はミニスカを穿いて来なさいって、しつこく言うんです。最初は笑ってごまかしましたけど、あんまりしつこいんで、次のとき少しミニ気味のスカートを穿いていったら、今度は丈をもっと短くしてと言われました。冗談を装っていましたが、目は笑っていないっていうか――」

ショーパンにミニスカか。思わず苦笑した。尾関がそんな言葉を遣ったとも思えない。無意識のうちに、百合菜の日常言語の習慣が出たのだろう。

「そんなこと言われて嫌だったわよね。でも、そういうことを言われても、また次にも誘いに付いていっちゃったのは、どうしてかしら？」

唯の発言に、僕は小さく頷いた。誰もが感じる疑問だっただろう。

「やっぱり、単位を落とされたり、成績を悪く付けられることを恐れていたのだと思います。実際、あの先生、私が食事の誘いを断り始めたら、私が成績で不利になることを仄めかし始めたんです」

「仄めかすって、具体的にどんな言葉を遣ったんですか？」

今度は僕が訊いた。ここが山場だと思った。セクハラだけでなく、アカハラの可能性も、僕は考えていた。アカハラとはアカデミック・ハラスメントのことで、成績を人質にして、教員が学生を不当に支配下に置く場合などに認定されるものだ。

「『食事会を拒否するってことは、私の卒論指導も拒否するってことだから、君の成績に差し障りが出るのは分かってるだろうね』って言われました」

そうか、そんなことを言ったのか。僕は心の中で呟いた。これなら十分に学部長の落合を説得できる。だが、僕はそんなことは一切言わず、質問を続けた。

「食事中、他に嫌なことはされなかった？　例えば、体を触られるとか、ホテルに誘われるとか」

今度は、唯が露骨に僕を見た。その顔は明らかに僕の質問に否定的だった。だが、落合を納得させるためには、やはりこういう情報も必要なのだ。

「それはありませんでした。でも、あの先生が私をじろじろと見る目つきがとてもいやらしくて、不愉快っていうか」

僕は、少々落胆した。目つきだけではどうしようもない。そんな主観的なことでは、セクハラを立証する補強証拠にはならないだろう。

　結局、百合菜とは一時間くらい話し、彼女が帰っていったとき、午後二時近くになっていた。僕と唯は横並びに座ったまま、さらに十分ほど会話を交わした。

「いかがですか？」

　まず、唯が訊いた。僕は、この材料で学部長を説得できるかという意味に解釈した。

「少しセクハラの部分が弱いな。確かに、食事に付き合わなければ成績に差し障りが出るようなことを言ったとしたら、アカハラとしては十分に認められるとは思いますが」

「でも、『ハラスメント防止委員会』が出しているパンフレットでは、セクハラ認定の基準が明確に示されていて、その一つに学生の服装について不適切な発言をするって言うのがありますから、ミニスカートを穿いて来いとか、丈をもっと短くしろ何て言うのは、立派なセクハラじゃないでしょうか」

　唯は多少気色ばむように言った。僕はたじろいだ。職種の性質から言って、セクハラの基準については唯のほうが詳しいのは当然だった。

「いや、それは確かにその通りだと思いますが、学部長を説得するためには、もっと決定的な発言が欲しいという意味で――。それと、そんなに不愉快に感じているのに、六回も誘いに応じているのが、少し不思議というか――」

　僕は、反論と取られないように声のトーンを落として話した。

「おっしゃることは確かに分かります。でも、本人も言っているように、やっぱり成績に不利が生じることを恐れたんじゃないでしょうか。学生って、教授がもの凄い権力を持っていると思っていることが多いんですよ」

それは、教授にもよると僕は心の中で思った。しかし口に出すのは控え、大きく頷いた。

それから、立ち上がりながら言った。

「とにかく、これで本人からの事情聴取という目的は果たしましたから、課長とも相談して、この件を学部長に上げることを検討してみます。また、その結果は追って柳瀬さんにご連絡いたしますから」

僕は特に後段のところを強調するように言った。

「本当によろしくお願いいたします。今日はわざわざ来ていただいてありがとうございました」

唯も立ち上がって、深々と頭を下げた。その一瞬、シャンプーのような心地よい香りが唯の髪の毛から匂い立ったように思った。同時に、水色のTシャツの胸元から白い胸の隆起が微かに覗いているのに気づいた。僕は、ちらりとその部分に視線を投げただけで、すぐにあらぬ方向に視線を逸らした。

（4）

「また、尾関のやつか。一体、何回問題を起こせば気が済むんだ」

野田が吐き捨てるように言った。尾関には、普段から手こずらされていると言いたげな口調だった。

だが、僕はそんな野田の発言をまったく信じていなかった。野田が僕たち部下に向かって言う台詞と、教授を前にして言う言葉はまるっきり違っているのだ。

尾関を呼び捨てにしたのは、僕に対する虚勢だろう。俺は、教授も呼び捨てできるほどの大物だぞと言いたいのか。「問題を起こす」という表現も正確ではない。

確かに尾関はさまざまなよくない噂のある教授だったが、それはすべて噂のレベルに留まり、表沙汰になることはなかった。表沙汰になりそうになると、結局、いろいろと難しい手続き論を言い出して、話を壊すのは野田当人なのだ。

「それで、私としてはこの話を今日落合学部長に話して、当該学生のゼミ変更が可能かどうか打診してみようと思うのですが」

案の定、野田の顔が曇った。軽くため息を吐いたあと、今度は椅子の中で体をのけぞらせるようにして、考え込むような表情をした。

「しかしね、君、やっぱりそういうことは慎重にしないとね。まあ、確かに尾関先生もいろいろと問題があるのだろうけど、下手に騒ぎ立てて人権問題でも持ち出されちゃかなわんよ。だいいち、その女子学生から事情を聞いたのであれば、尾関先生からも話を聞かなきゃ不公平だろ」

僕は既にその日百合菜から話を聞いたことは話していた。だから、野田が手続き上の問題点を指摘するなら、当然、尾関から話を聞いていないことを挙げるだろうことは予想していた。

「おっしゃる通りだと思います。しかし、尾関先生から話を聞くと、かえってこじれませんかね。それよりは学部長に話して、内々に処理してもらったほうが話が簡単に落ち着くと思うのですが」

僕は野田の顔を覗き込むようにして言った。

「内々に処理か？　それは具体的には、どういうことだね？」

「やはり、当該学生の希望通りにしてあげることじゃないでしょうか」

「しかし、尾関先生は黙っちゃいないだろ」

「いや、そうでもないと思いますよ。あの先生も自分が訴えられていることを知れば、内心まずいことになったと思うでしょうから、その程度のことで収まれば、かえってほっとするんじゃないかな。私があの先生と話した印象では、結構気が小さいですよ」

言いながら、僕はふっとおかしくなった。気が小さいという意味では、野田も尾関も似ているると思ったからだ。

「そうか。そこまで君が言うなら、任せるよ。とりあえず、学部長に話してみてくれ。ただし、こじれてから俺に持ってくるのは勘弁してくれよ」

最後の言葉は、いかにも野田らしかった。だが、僕は平静に言った。

「はい、できるだけ課長にはご迷惑をお掛けしないようにしますから」

僕は、一礼して、踵を返した。

席へ戻ると、隣席の中橋が話し掛けて来た。

「すいません、主任。ちょっと相談したいことがあるんですが。ある学生が、外国人教師の英語の授業で、ＪＲの遅延証明を受け付けてくれないって、文句を言ってきてるんですが、この場合、どう対処すればいいでしょうか？」

中橋は文学部事務に今年異動したばかりなので、そういう対応に慣れていないのも仕方がない。それ以前は保健体育部にいたから、職種がまるで違うのだ。

中橋の質問に対して応えたのは、僕ではなく、中橋の真向かいに座る希美だった。

「中橋君、その子、茶髪の女子学生でしょ。ちょっと芸能人を気取ったみたいな。あの子、そんなことばかり言ってるのよ。遅延証明があったって遅刻は遅刻なんだから。遅延証明一つで遅刻がみんな帳消しになるなら、遅刻の学生なんかいなくなるでしょ。だって、午前中なんかどの会社の電車でも必ず遅延があるんだもん」

「でも、彼女、とてもしつこいんですよ」

「それは中橋君が優しくて、いい人だって分かってるからよ。今度来たら、私に言ってちょうだい。びしっと言ってあげるから」

中橋が困った顔をして僕を見た。希美も中橋と同じ琉北大学卒だ。年齢は中橋より三つ上だから、先輩に当たる。仕事はできるし、性格も悪くない。

しかし、思わず吹き出しそうになるのは、事務課にやってくる見た目のいい女子学生には極端に厳しいことだ。特に、授業や単位のことで相談に来た女子学生が中橋と親しげに話したりすると、そんな傾向が顕著（けんちょ）になる。

年上の希美が中橋に気があるのは確かだった。だが、失礼ながらそれはどう見ても叶わぬ恋となるだろう。小太りで背も低い希美が、中橋の恋人になれる可能性は、限りなくゼロに近い。それに、中橋には既にれっきとした恋人がいるようだった。

「まあ、中橋君、学生がそんなことを言ってくるのはよくあることだから、あんまりまともに取り合うと切りがないからね」

僕は話を打ち切るように言った。内心、尾関に関する深刻な問題を抱えている現在、これ以上やっかいなことは背負（しょ）い込みたくないという気持ちが働いたこともある。

「でも、主任、シーバー先生については、その女子学生だけではなく、他の学生からも文句が来ています」

こう言ったのは、中橋の横に座る柴田妙子だった。妙子は派遣社員で、既に三十歳を超えていた。幼稚園に通う娘がいるようだったが、落ち着いた雰囲気の、温厚な職員だった。文学部事務課で、主任の僕が束ねている部下は大学院生の二名のアルバイトを除けば、中橋、希美、妙子の三人だけなのだ。

「それは、あの先生がコミュニケーションに問題があるからですよね」

希美が応えた。妙子と違って、希美は正規雇用の職員だったが、年齢的には妙子のほうが上だったから、希美の妙子に対する接し方は丁寧だった。

「うん、シーバー先生、日本語があまりできないからね。かと言って、学生の英語力にも問題があるから、話がかみ合わないことが多いんですよ」

僕は妙子のほうに視線を投げながら言った。シーバーというのは日本に十年以上住んでいるイギリス人だったが、そもそも日本語を覚えようという気がないのか、簡単な事務上の手続きも理解せず、よく事務室に顔を出して英語で質問した。

それに対して、僕が英語で対応することが多かった。他の三人は、英語はからっきし駄目で、シーバーが事務室に入って来ると、みんな俯いてしまうのだ。

僕は、父が商社員だったせいで、子供の頃、海外の英語圏で過ごしたことがあった。英語に対する抵抗は普通の日本人よりは少ないのかもしれない。

希美は、しきりに僕の英語に感心して、「主任、すごいですね。英語が喋れるんだ」と言ったが、多少のひがみ根性で言えば、高卒の僕が英語を喋るのが不思議だったのだろう。

「それにしても、シーバー先生も、日本に長く住んでいるんだから、少しくらい日本語を覚えればいいのにね」

希美のこんな発言で、この話題は打ち切りになった。僕は再び、百合菜の問題をどう処理するか考え始めた。

（5）

僕は研究室棟の最上階にある学部長室で落合と話した。落合はさすがに老獪（ろうかい）だった。僕が尾関のことを話し始めると表情を曇らせたが、途中で言葉を挟むことなく最後まで話を聞いた。僕が話し終えると、少し間を置き、それからおもむろに口を開いた。

「それはやっかいな問題だな。君のほうで、それだけの事実を把握しているとすれば、事態は相当に深刻なのかもしれない。しかし、そういうことを立証するには時間が掛かる。一番、正当な処理の仕方は、ハラスメント防止委員会に調査委員会を作らせて事実関係を調べることだが、当該学生はそういうプロセスを拒否してるんだろ。いや、仮に同意があったとしても、そういうやり方は問題を大きくするリスクが高いからね」

そこまで言うと、落合は一呼吸置き、金縁の眼鏡をぐいと押し上げた。五十過ぎの、いかにも大学教授という雰囲気の知的な風貌だったが、若干、吊り上がった目は抜け目ない政治家に似ていなくもなかった。

「ええ、事務サイドとしても、できるだけ穏便(おんびん)な形で解決したいと考えているんですが――」

「そうだろうね。だから、何か案があるんだろ？」

落合は、僕の考えていることが既に分かっていながら、僕がそれをあえて口に出すことを求めているようだった。

「やはり、当該学生のゼミ変更を後期から認めるしかないと――」

「そうだな。私もそれが一番いいと思う。しかし、教授会がそれを認めるためには、尾関先生に自分の言動が不適切だったと認めさせる必要があるんだが――」

落合はあえて語尾を濁したようだった。

僕は、学内の噂話として、尾関が反落合の急先鋒(きゅうせんぽう)であることを耳にしたことがあった。

「先生のほうで尾関先生と会っていただき、とにかく当該学生のゼミ変更についてだけ、同意を取っていただくわけにはいかないでしょうか？　こういう問題になりますと、事務サイドが直接、尾関先生に打診するわけにはいきませんので」

「分かった。時期を見て話してみよう。うまく行くかどうかは、保証の限りではないがね」

落合は僕の依頼をあっさりと引き受けた。意外だった。ただ、僕はそこに落合の思惑も透けて見えるような気もしていた。あるいは、この事件を利用して、反落合の尾関を政治的に封じ込めようとしているのか。

「ただね、私のほうでも君に頼みがあるんだがね」

「何でしょう？」

何かやっかいなことを依頼される予感があった。

「その学生のゼミの移籍を認めると言っても、そもそも高倉先生がその移籍を受け入れなければ、どうしようもないだろ。だから、君ら事務サイドのほうから、高倉先生に事情を説明して、彼の意向を確認してくれないかね。彼の意向を確認してからでないと、そういう話は進めにくいでしょ」

言われてみれば、その通りだった。

「分かりました。それでは早速、今日このあとにでも僕のほうから高倉先生に内々に打診してみましょう」

落合は軽く頷いただけだった。

（6）

その日は、朝から大学全体の主任会議だった。それが終わって、僕が十一時頃、文学部事務室に戻ると、部屋全体が妙にざわついた雰囲気なのだ。僕たち文学部が入っている部屋は、社会学部と経済学部も入っている大部屋で、十五人の職員が同居している。

「主任、何か学内で事件が起きたみたいですよ」

横に座る中橋が言った。僕が返事をする前に、中橋の前に座る希美が割り込むように話し掛けて来た。希美の両隣は、週二回だけ来るアルバイトの大学院生の席だが、その日は二人とも出勤しない日だった。

「正門にパトカーが何台も来て、学生部の職員も総動員されてます。さっき野田課長も緊急で学生部に呼び出され、今、席を外しています」

僕は、ちらりと野田の席のほうに視線を投げた。確かに空席だった。

「そう言えば、会議中もパトカーのサイレンが遠くで聞こえていたような気がしたな」

かなり広いキャンパスだったから、会議が開かれていた場所から正門までは、相当な距離がある。仮に、何台ものパトカーが正門まで到着していたとしても、そのサイレンの音がそれほどはっきりと聞こえるわけではないのだ。

「学生の誰かが事件に巻き込まれたらしいですよ。さっきトイレで会った学生部の人が言ってました。でも、その人は奨学金担当だから、詳しいことは知らなかったみたいで」

希美の説明で、ふっと唯の顔を思い浮かべた。希美はその職員にトイレで会ったというのだから、女子職員であるのは確かだろうが、奨学金担当だとすれば唯ではないはずだ。

「しかし、事件に巻き込まれると言ってもね。今のところ、平和なキャンパスだからね」

「でも、女子トイレなんかで、時々、痴漢が出るって言うじゃないですか。まあ、うちの大学は男女共学で女子大みたいにセキュリティーが厳しくないので、外部の人もほとんど自由に入り込めるし——」

それは希美の言う通りだった。盗難や痴漢被害の届け出は、学生部の担当職員のところに、結構な頻度で上がってきているらしい。

「そうですよね。僕なんか入ってまだ四年目ですけど、新人の頃から警備員から身分証明書の提示を求められたことなど一度もありませんからね」

中橋がのんびりした口調で言った。

「そうでもないわよ。私の知り合いの新人職員は、警備員に身分証明書を出せって言われたって、こぼしていたわよ。その人、中橋君とは違って、人相が悪くて、いかにもうさんくさそうに見えるのよ。ちょっと山賊みたいな——」

僕も中橋も軽く笑った。希美が遣った「山賊」という古めかしい表現が、何となくおかしかったからだろう。

それからしばらくして、野田が戻って来た。

「島本君、ちょっと」

席に着くなり野田が、せかせかした口調で僕を呼んだ。僕は、立ち上がり、野田の席のほうに向かった。希美や中橋の視線が僕の背中に貼り付いているのを感じた。みんな何が起こったか知りたくてうずうずしているのだ。

だが、僕が近づくと野田は立ち上がり、目で外に出るように合図した。僕たちが部屋の外に出るとき、他の学部の職員も一斉に僕たちを見ているように感じた。

僕たちは、少し歩いたところにある自動販売機の前で立ち話をした。

「ヤバイことになったぞ。女子学生が刺し殺されたんだ」

野田は、息を殺したように小声で言った。僕は、虚を衝かれたように黙ったままだった。大学のキャンパス内で起こった殺人事件。何だか非現実的な気がして、適切な反応ができなかったのかもしれない。

「そしてね、その殺された女子学生というのが、君、誰だと思う？――」

ここで野田は言葉を切り、僕の顔をじっと覗き込むようにした。僕の胸を不吉な予兆が掠(かす)め過ぎた。

「御園百合菜なんだよ」

予兆は衝撃に変わった。

「本当ですか！」

僕は、こういう場合のもっとも平凡な、定番の表現を選んで応えた。

「ああ、だから、この事件は単に学内で起こった殺人事件というのじゃなくて、俺たちにも確実に降りかかってくるぞ。被害者は文学部の女子学生だ。そして、その女子学生は例の教授とのトラブルを抱えていた。それは学生部も把握しているし、俺も君も知ってるんだ。将来的には、そのトラブルに関して、警察にも話さなくてはならなくなるだろうな」

「じゃあ、まだ、あのトラブルについては警察には話していないんですか？」

「ああ、たぶん学生部も話してないんじゃないか。実は今日、刑事と会って話したのは、学生担当理事、文学部長、学生部長、それに学生部の事務課長と文学部の課長の俺の五人だけだ。その刑事から事件の概略を説明され、こっちも提供できる情報は提供したが、あくまでも一般的な情報だけで、個別な情報はまだ話していない。しかし、警察はこれから本格的に学内で聞き込みを開始するだろうから、いずれあの話も耳に入るだろうな。事件が事件だから、我々の間でも厳しい箝口令が敷かれていて、みだりに他の教職員にも喋るわけにはいかないんだ。ただ、君は例のトラブル処理の担当者でもあるから、文学部長とも相談して、君には話しておくことにしたんだ」

厳しい箝口令が敷かれているのは容易に察しが付いた。その情報を僕にも共有させるというのは、おそらく、野田の提案だったのだろう。野田の性格から考えて、自分自身は事件からできるだけ距離を取ろうとするだろうから、学部長の落合には、尾関のセクハラ問題の担当者は僕であることを強調しているに違いない。

野田はいかにも小さな声で、彼が警察と学生部から聞いた話を喋り始めた。

（7）

午前九時頃、女子トイレの個室の中で百合菜が殺害されているのを発見したのは、中年の清掃員の女性だった。教室棟二階の女子トイレの出入り口に近い個室を開けた途端、血みどろになった女の死体が転がり出てきたのだ。

清掃員は悲鳴を上げて逃げ出し、下の階の管理室に常駐する警備員に通報した。警備員二名が駆けつけ、開かれた個室の扉の外側に上半身を仰向けに投げ出している百合菜を確認した。

刺傷（さしきず）は体の左半分に集中していて、大量出血していたが、その大半は既に凝固していた。死後硬直は指や足指にまで及んでいたから、殺害が行われてから、相当な時間が経過しているのが分かったらしい。実際、殺害時刻に関しては、捜査陣にとって興味深い事実が判明していた。

前日の夜の十時半過ぎ、応援団に入っている女子部員二名がバトンガールの衣装のまま女子トイレに入ろうとしたとき、中からもの凄い金切り声が聞こえて来るのを聞いているのだ。それは人間の声というよりは、甲高い猿の鳴き声にも似た金属音に聞こえたという。あまりの気味の悪さに、二人は悲鳴を上げて逃げ出し、一階の管理室に連絡しようとした。しかし、その時間帯に一名しか残っていなかった警備員は、運悪くトイレに立っていて、留守だったのだ。結局、二人は教室棟から徒歩五分くらいかかる、正門に近いプレハブのクラブハウスの中にある応援団部室まで戻り、起こったことを他の部員に話したものの、それ以上の措置は取らず、帰宅したらしい。

何故警備員に通報しなかったのかと訊かれて、二人は二つの理由を挙げている。一つには学生・教職員のすべてが外に出なければならない退校時刻の午後十一時が迫っており、その時刻に少しでも遅れると、正門にいる警備員から厳しく叱責されるため、とにかく外に出ることにしたという。

それでも正門にいる警備員に話すことはできたはずだ。実際、そのことを尋ねられて、二人は、その金切り声は誰かのいたずらだったような気がしてきたからだと応えた。

しかし、翌日になって事件のことを聞いた二人は、学生部にやってきてその話を伝え、警察からも事情聴取を受けたのだ。

警察は二人の話から、その金切り声は被害者の上げた叫び声ではないと判断しているようだった。

「じゃあ、それは犯人の声だったと言うんですか」

僕は、思わず、野田の話を遮るように訊いた。

「そうらしいよ。というのも、二人の応援団部員は、それは人間の声のようには聞こえなかったと言っている一方で、女の声ではなく、男の声のような気がすると言っているんだ」

「もし仮にそれが犯人の声だったとすると、警察は何故犯人がそんな声を上げたと判断しているのでしょうか？」

「さあ、それは分からんよ。俺たちとの話し合いでは、客観的な事実が報告されただけで、やって来ていた刑事は自分の意見など言わなかった。警察というのは、こういう場合本音を言わず、とにかく情報を集めることに専心するものだよ」

野田はしたり顔で言った。それはそうだろうと僕も思った。ただ、僕が得体の知れない不気味さを感じていたのは、その声は本当に人間の声ではなかったのかもしれないという途方もない妄想に取り憑かれていたからだ。

ただ、その金切り声について警察がどう判断しているかは、事件が発覚した日に僕が読んだ全国紙の夕刊で明らかになった。

琉北大学で、殺人

24日、午前9時10分頃、日野市南平にある琉北大学構内の女子トイレの中で、女子学生が刺殺されているのを清掃員が発見し、大学が警察に届け出た。被害者は琉北大学文学部3年生の御園百合菜さん（20歳）で、左上半身に複数の刺傷があり、鋭利な刃物で刺し殺された可能性が高い。被害者の手提げ鞄は犯行現場に落ちていたが、携帯電話がなくなっており、犯人が持ち去った可能性が高い。警察は司法解剖して死因と死亡推定時刻を調べるが、前日の夜10時30分頃、応援団部員の女子学生2名が、女子トイレ内から聞こえる男性と思われる異様な金切り声を聞いている。警察は、この声は御園さんを殺害した犯人がトイレの中に入ってこようとする女子学生たちの声を聞いて、故意にそういう声を上げて二人をトイレから遠ざけたと見ている。

もしこの新聞報道通りだとすれば、犯人の目論見は見事に成功したことになる。実際、その金切り声に脅えて二人が逃げ出した隙に、犯人は逃走しているのだ。

僕はこの記事を読んだとき、尾関が犯人である可能性は限りなく低いと思った。あの尾関に、そんな咄嗟の機転が利くとは思えなかったからだ。いや、それは単に機転の問題ではなく、度胸の問題でもある。警察の見立て通り、犯人がそんな金切り声で入ってこようとする人間を追い払ったとすれば、その大胆さは半端ではない。

つまり、犯人には優れた判断力とそれを実行する途方もない度胸が同時に備わっていたことになり、それは僕が尾関に対して抱いているイメージとは根本的に異なっているのだ。

翌週から前期試験が始まることになっていたが、大学は試験は中止しないことを決めた。試験中止になった場合のさまざまな代替措置とそれによって生じる混乱を考えると、試験を予定通り行うほうが被害は少ないと、大学の上層部は判断したのだろう。

ただ、テレビや新聞・雑誌などのマスコミが学内に入り込んできたため、僕ら事務員はその対応で忙殺されることになった。特に、被害者は文学部の学生だったから、文学部事務部にはひっきりなしにマスコミから電話がかかり、直接やってくるマスコミも少なくなかった。

だが、大学の業務を停滞させるわけにはいかない。電話は誰が取るか分からなかったから職員のそれぞれが対応するしかなかったが、直接やってくるマスコミに対しては、僕が一括して引き受けることになった。

もちろん、僕が対応しなければいけないのはマスコミだけではない。頻繁にやってくる刑事とも話をしなければならないのだ。

だが、僕はそんな異常に多忙な毎日を過ごしながらも、唯のことを考えていた。

（8）

翌週の木曜日、唯から自宅の固定電話に電話があった。受話器のディスプレーに表示された番号を見ると、携帯の番号だった。

「尾関先生がもの凄い剣幕で学生相談室に怒鳴り込んできたんです。御園さんの事件で、学生相談室が警察に情報を漏らしたんだろうと。尾関先生、警察に呼ばれて、長時間、事情を聴かれたらしいです」

事態の深刻さに比べて、唯の話し方は平静だった。意外に肝が据わっていると僕は思った。

「それでお訊きしたいんですが、落合学部長は、尾関先生から事情をお聴きになったのでしょうか？」

返事に詰まった。その点をまだ、落合に確認していなかったのだ。

落合と尾関問題を話しあった日、僕自身はすぐに高倉には面会していた。そして、高倉はあっさりと百合菜のゼミ移籍を認めていたのだ。

ただ、僕は高倉の同意を電話で落合に伝えていたから、それを受けて、落合が既に尾関とこのことを話し合っていても、おかしくはないはずだった。

「それがまだ落合先生には確認していないんです。そう思っていた矢先、こんなとんでもない事件が起こってしまって、それどころじゃなくなってしまい――」

「そうでしょうね。島本さんのところにもマスコミや刑事さんが頻繁にやってくるでしょうから、その対応は大変でしょうね」

「そういう連中は、柳瀬さんの所にも来るでしょ」

「ええ、来ます。でも、あの人たちより、やはり尾関先生への対応のほうが難しくて」

そう言うと、唯は受話器の向こうで軽いため息を吐いたように感じた。

「いずれにしても、明日、早速、学部長に事件が起きる前に尾関先生に例のことを話したのか確認してみます」

僕は早口で言った。

「ありがとうございます。それから、これはうちの課長が言っているのですが、学生部と文学部が、特に尾関先生のことでは意見調整しておいたほうがいいのではないかと言うんです。言うことがばらばらだと、警察にも不審に思われますよね。それで、私に文学部の主任である島本さんと打ち合わせをしたらどうだと言うんです。まあ、こういう問題ですから、電話でというわけにはいきませんので」

「じゃあ、明日、僕が学生部のほうに行きますよ」

「でも、今の状況では学内では話しにくくありません？　話はとても微妙になりますから。

それに学生部にも、刑事さんだけでなくマスコミ関係者もしょっちゅう顔を出していますので。島本さん、どちらにお住まいですか？」

「荻窪です」

「えっ、近いんだ。私、阿佐谷(あさがや)なんです」

僕はこの僥倖に思わず笑みがこぼれそうになった。しかし、考えて見れば、僕たちが二人とも中央線沿線の隣駅同士に住んでいるのは、それほど顕著な偶然というわけでもなかった。通勤場所の最寄り駅が、やはり中央線の日野駅なのだから、ある意味では必然だった。

結局、僕たちは三日後の日曜日の午後一時、荻窪駅前にある喫茶店で待ち合わせることになった。僕にとっては、あり得ないような僥倖だった。日曜日であることに意味があるのだ。

それは、まるで恋人同士の休日のデートのように見えないことはないだろう。

（9）

「この件は主任の島本が担当しておりますので、彼に先生の研究室に伺わせますから」

野田の声は上ずっていた。僕は受話器の向こうで声を荒らげる尾関の姿を想像していた。

学生部には直接やってきたらしいが、文学部事務の場合は、まず課長の所に電話を掛けてきたのだ。野田は慌てふためき、担当が僕であることを連発していた。野田の責任逃れは今に始まったことではないが、こう露骨だと僕もうんざりしていた。

ただ、さすがに野田も腰を低くして、「君、頼むよ」と哀願するものだから、結局、僕もその嫌な役回りを引き受けざるを得なかった。要するに、尾関の罵詈雑言を頷きながら聞いてくればいいのだ。それに僕としては、個人的な興味として、尾関がどの程度警察から疑いを掛けられているのかも知りたかった。

僕は研究室棟三階の真ん中付近にある尾関の研究室をノックした。すぐに扉が開き、僕は中に入った。

紫紺のソファーを挟んで、尾関と対座した。僕は目の前に座る尾関の表情を見て、予想が外れたのを感じた。僕に食ってかかるどころか、憔悴し切っているのが分かったのだ。

尾関は体格はかなりよかった。横幅も結構あるが、身長も百八十センチ近くあるかもしれない。だが、その日は心労のせいか、どこかみすぼらしく見えた。

髪はきちんと七三に分けているが、頭頂部が少し禿げ上がっている。黒縁の眼鏡の奥の細い目が、猜疑心の強さを裏書きしているように目立っていた。

「島本君、分かって欲しいんだが、私は御園さんの死とは何の関係もない。それなのに連日、日野警察署に呼び出されて、まるで犯人扱いなんだ」

尾関の弱々しい声は完全に余裕を失い、切羽詰まっていた。僕は何と応えていいか分からず、一先ず沈黙を決め込んだ。だが、尾関は僕の沈黙を無視して話し続けた。

「それにね、君が学生相談室からどんな情報を得ているか知らないけど、御園さんの訴えに関する私の言い分も聞いて欲しいんだ。死んだ人間についてこんなことを言うのも気が引けるが、そもそもあの子は勉強には不熱心だった。このままいけば卒論の合格も危ないから、私は会食という形を取りながら、教育上の指導を行っただけなんだよ。それなのに、あんな訴えをされたのじゃ、立つ瀬がないよ」

「先生、僕らは事務の人間ですから、彼女の訴えを聞いただけで、それが正しいかどうかを判断する立場にはないんです。もちろん、双方から言い分を聞かなくてはならないのは分かっていますから、その役割は学部長の落合先生にお願いしてあったのですが——」

「落合さんに？」

尾関は意外の表情を浮かべた。僕は直感した。落合はまだ、尾関から事情聴取をしていないのだ。

「ええ、僕たち事務の人間が先生から事情をお聞きするわけにはいきませんので——」

「しかし、学部長はそんなことは私の所に言ってきてないよ」

「そうですか。落合先生も学部長でお忙しいでしょうから、なかなか時間が取れなかったんじゃないでしょうか。その上に、こんな大事件が発生したものだから、ますます先生から事情を聞くのが難しくなったんでしょうね」

「しかし、君らや学生部の連中が警察に漏らした情報で私はひどい目に遭っているんだよ」

「ちょっと待ってください。僕は警察には先生については何も喋っていませんよ」

それは本当だった。故意に喋らなかったというより、そもそもそういう質問を受けなかったのだ。その時点で、僕は複数の刑事と話していたが、何故か尾関のことを聞く刑事は一人もいなかった。

「だとすれば、学生部だな。あの柳瀬とかいう学生相談室の女性職員なんか、頭から私のことを疑って掛かってるみたいなんだ。そのくせ、その問題を警察に話したかどうかは口を濁してはっきり言わないんだ」

尾関は、このときも声を荒らげるわけでもなく、ほとんどグチをこぼすような口調だった。

「先生、警察はどんなことを聞くのですか？」

僕は、必ずしも尾関の敵ではないことを分からせるように、親身（しんみ）な口調で尋ねた。事務員の習性として、常に中立的な位置を確保しようとする意識が働いたのも確かだった。

「要するにだね、御園さんからセクハラを訴えられた私が、恨みから彼女を殺したんじゃないかと疑ってるんだよ。あるいは、――」

ここで尾関は言い淀んだ。僕は言葉を挟まず、尾関が再び喋り出すのを待った。

「言いにくいことだが、警察の言うことには、彼女は性的な暴行を受けていたらしい。だから、私が暴行目的で彼女を襲って殺害したという可能性も視野に入れているんだろ」

「しかし、先生は、御園さんが先生のことを学生相談室に訴えているということはご存じだったのですか？」

僕は助け船を出すつもりで言った。落合が尾関に話していないとすれば、百合菜が殺される以前に、尾関がその事実を把握していた可能性は低いと思ったからだ。そうだとすれば、第一の想定は理屈の上でもなり立たなくなる。

「そこなんだよ。私は彼女がそんな訴えをしているなんて、まったく知らなかった。だから、恨みから彼女を襲うこともあり得ないんだ」

そこは、その通りだった。問題は、もう一つの想定のほうだった。

「それにだよ、暴行目的で彼女を襲ったって言うが、女子トイレの中でどうやって実行するのか。私が彼女を尾行して、トイレに入るのを確認してから襲ったとでも言うのかね」

確かに、その想定も不自然だった。もちろん、完全に不可能ではないが、他の人間が入って来る可能性は排除できないのだから、現実的にはあり得ないように思えた。

「事件が起こったと推定されるとき、先生はどこにいらしたんですか？　アリバイが証明されれば、一番いいと思うのですが」

僕の発言に、尾関は頷きながらも、顔を歪めた。それから、いかにも苦しそうに言った。

「ところがね、僕はその夜は、我々が研究室に残ることができるぎりぎりの夜の十一時近くまで、自分の研究室で仕事をしていたんだ。学会誌に載せる論文の締め切りが迫っていたからね」

おそらく、それが警察の疑惑を深めている理由の一つだろうと僕は思った。尾関も運のない男だ。研究室に籠もっていたと言うのでは、アリバイの証明も不可能だろう。それどころか、殺害現場の女子トイレに結構近い位置にいたことになるのだ。

結局、僕は尾関のグチを聞いただけで、尾関の研究室を去った。僕が、表面上、尾関に対して必ずしも否定的な態度を取らなかったせいか、彼が僕を個人的に攻撃することはほとんどなかった。

（10）

荻窪駅前の喫茶店で唯を待った。約束の時間より、十分早く到着していた。店内が妙に暗い喫茶店だ。僕は一番奥のテーブルに座った。もう一人来るので、二人そろってから注文するという僕の言葉に、愛想のない中年の店主は一言も応えずに、カウンターのほうに退いた。

午後一時ちょうど、唯が現れた。僕は一瞬、ぎょっとした。服装が意表を衝いていたからだ。

白のショートパンツに、ピンクの花柄の入ったベージュのTシャツ姿だった。ショートパンツの丈が結構短い上に、ストッキングを穿いていなかったから、白い太股の皮膚が妙になまめかしい。日曜日の休み、家でくつろいでいた姿のまま、外出したような恰好だった。少なくとも、僕は大学で唯のそんな恰好を見たことがなかった。ただ、清楚な印象はかき消されてはいなかった。特に、唯には自分の服装に少し恥じらっているような風情(ふぜい)があり、それが微妙な刺激となって僕に伝わって来るのだ。

再び店主が近づいてきて、注文を取った。僕はコーヒーを注文し、唯はアイスコーヒーだ。待たせた割には平凡な注文に、店主は無言のまま、再びカウンターのほうに去った。

「尾関先生、文学部事務にも連絡してきましたよ」

僕は唯の服装によって掻き立てられた動揺と興奮を気取られないために、すぐに用件に入った。

「やっぱり」

「それで、僕が研究室に行って、あの先生の言い分も聞いたんです」

僕は尾関の言ったことを簡略にまとめて話した。

「でも、私の印象では、御園さんは不真面目な学生ではなく、勉強もしっかりとこなす学生だと思うんですけど――」

琉北大学は、けっして偏差値の低い大学ではない。特に女子学生は優秀という定評があったから、それほど不出来な学生が少ないのも確かである。しかし、僕は百合菜については、尾関の言うことを補強する情報を持っていたのだ。

「ところがですね、御園さんについては、尾関先生の言うことがまったく嘘だとも言えないような根拠がありましてね――」

僕は、妙に持って回った言い方をした。唯の顔に、微かな不安の表情が浮かんだ。だが、言葉は挟まず、僕の話を聞き続けた。

「実は、彼女の一、二年の成績を調べてみたんですが、かなりひどいんです。Cが多いだけでなく、落としている科目も複数ある。ご存じのようにうちの大学は、三年生から四年生に上がるとき、一番高いハードルがあって、そこで留年になる学生もかなりいるのですが、彼女もこのまま行くと結構危ないグループには入っているんです。だから、尾関先生の言っていることも、満更デタラメとも思えないところがある」

「だからと言って、尾関先生にセクハラがなかったとは言えませんわ」

唯が厳しい口調で言った。

「もちろん、それはそうです。しかし御園さんが亡くなった今、二人が会っていたときの様子を知る者は尾関先生しかいませんからね」

「実は島本さん、私のほうも尾関先生のセクハラを実証するような証拠を持ってるんです」

意外だった。それなら、何故初めからその事実を出さなかったのか不思議だった。

「ほう、それはどんな？」

「尾関先生が彼女に宛てて書いたメールをプリントアウトしたものが、私の手元にあるんです。今日は、それを持ってきていますので、これを読んでいただいて島本さんにも判断していただきたいんです」

「判断と言いますと、どういうことでしょう？」

思わず聞いた。そもそも百合菜が死んでしまった時点で、尾関のセクハラ行為を認定しても、あまり意味がない気がしていた。

「実は、このメールを警察に見せるべきか、迷ってるんです」

唯は手元に置いていた黒いバッグからA４判のコピー用紙を取り出し、僕のほうに差し出した。僕はそれを手にとって、文面を読んだ。

御園 百合菜さん

尾関です。

君が僕の申し出を断ったことには落胆しています。教員と学生の食事会は、単に酒食を共にするだけでなく、教育的指導も含まれているのです。普段の君のゼミでの発言や、提出レポートから判断すると、君の成績は結構危険な状態にあり、卒論の合格も危ぶまれます。それを食事会のときの指導で補ってやろうと言っているのです。私の食事会に参加すれば、悪いようにはしません。君も子供じゃないんだから、その辺の分別はつくだろ。来週の木曜日のゼミの時間には、私の言うことを了解したのであれば、その印として、食事会の時に一度穿いてきてくれたピンクのミニスカートを穿いて出席しなさい。ゼミ終了後、いつもの居酒屋で待っています。そのとき、また、ゆっくりと話し合いましょう。

僕は読み終わると、とりあえず、そのコピー用紙を唯に戻した。尾関の世間知(せけんち)のなさにも呆(あき)れていた。こんな動かぬ証拠を文書として残すとは、愚かとしか言いようがなかった。ピンクのミニスカートとは何事か。

「これは御園さんが殺されたと推定される日の、一週間前の七月十六日夜に出されていますね」

僕は、メールの日付を見ながら言った。

「ええ、そうなんです。実は御園さん、このメールのコピーを持って、殺される前日に学生相談室に来て、私に相談したんです。どういう返事を書こうか、迷っていました」

「で、どういうアドバイスを？」

「私、返信するのはやめなさいって、言いました」

大胆なアドバイスだと思った。だが、僕は口を挟まなかった。

「それから、翌日のゼミにも欠席するように指導しました。双方に距離を取らせて、冷却させたほうがいいと思ったのです。特に尾関先生は、御園さんが来なくなれば、自分のメールの不適切さに気づき、御園さんがゼミを辞めることにも冷静に対応するかも知れないと考えたのです」

「それで、御園さんは翌日のゼミに欠席したのですか？」

「ええ、欠席したようです。その点については、刑事さんが他のゼミ生にも聞き込んでいて、複数の学生から確認していますし、尾関先生自身が御園さんの欠席を認めています」

「でしたら、そのゼミのあった夜、彼女は殺されたと推定されるわけですから、尾関先生が犯人だとすれば、その日のうちにどうやって彼女に会ったのだろうという疑問が起こりますよね」

僕の発言に、唯は一瞬、黙った。店主が飲み物を運んできたのだ。僕たちは、彼がテーブルの上に、コーヒーとアイスコーヒーを置いて去るまで、口を利かなかった。最初に口を開いたのは、唯のほうだった。

「まあ、尾関先生が犯人かどうかなんて、私たちが考えるべきことじゃないでしょう。それは警察に任せるしかないですよね。ただ、このメールを警察に見せることによって、警察の捜査にどんな影響が出るか、私には分からないんです」

「でも、学生部としては、尾関先生と御園さんの間にトラブルがあったことは話してあるんでしょ」

「ええ、でも、このメールを見せると、何だかそのトラブルがより具体的な形で警察に伝わり、尾関先生が非常に不利になるような気がして、私は迷ってしまうんです」

「僕は、このメールを警察に見せても構わないと思うけど――」

僕は、きっぱりと言った。

「そうでしょうか」

唯は考え込むように応えた。

「このメールを見せたところで、特に尾関先生の疑惑が深まることはないと思いますよ。このメールで、事件当日二人が会っていたことが分かるというならともかく、そういう証明にはなっていませんよね。むしろ、御園さんがゼミを欠席したことを考えると、二人が少なくとも当日は会わなかったことを示唆する内容とも考えられるでしょ」

唯の顔が、若干、明るくなったように見えた。やはり、自分の行為が決定的に尾関を追い込むようになることは避けたかったのだろう。僕は、それを唯の優しさと解釈した。

第二章　巡回

（1）

事件は意外な、恐ろしい展開を遂げた。個人的な人間関係のもつれによる犯行と思われた事件が、とんでもない猟奇事件の始まりだった可能性が出てきたのだ。

百合菜が殺された日から十一日後、もう一人の女子学生が殺され、その二日後、さらにまた別の女子学生が殺されたのである。二人とも文学部の学生であり、現場は階こそ異なっていたが、やはり教室棟の四階と五階の女子トイレだった。事件が起きたのは、夜の十時半頃と推定され、百合菜の場合と酷似しており、いずれも鋭利な刃物による刺殺だった。

これによって、大学全体が蜂の巣をつついたような狂乱状態に陥ったのは言うまでもない。同時に、警察も事件の見方を根本的に見直すことを余儀なくされたことだろう。

殺されたのは、平岡香織と田中みなみだった。二人とも四年生だったが、尾関の授業は取っておらず、尾関との接点はなかった。

事件に気味の悪い色彩を添えていたものは、やはり、例の異様な金切り声だった。両事件でも、その金切り声が聞こえたというのだ。

香織が襲われたとき、トイレの中には、香織の他にもう一人いたことが判明している。六つある個室の内、一番奥の個室を香織が使い、出入り口に一番近い個室を経済学部の女子学生が使用中だったのだ。

出入り口近くの個室に入っていた女子学生は、被害者の悲鳴と同時に、得体の知れないサルの奇声のようなものをおよそ一分程度聞いたと証言しているのだ。彼女は必死で逃げ出し、廊下に出るなり悲鳴を上げながら階段を駆け下り、管理室の警備員に通報した。前の事件で警戒を強めていた警備員は、今回は迅速に対応し、二名の警備員が五分以内に四階の女子トイレに駆けつけたが、そのとき犯人は既に逃走していた。

みなみの場合は、一人で女子トイレに入っているところを襲われたようだった。ただ、百合菜のときと同じように、社会学部の女子学生が中に入ろうとして異様な奇声を聞き、逃げ出している。この女子学生は一年生で、構内の様子に不案内であったため、一階の管理室の存在を知らず、結局、正門の警備員に通報した。そのため警備員が現場に駆けつけたのは、相当後になってからであり、犯人の姿は当然のように消えていた。

この女子学生は、異様な奇声をサルではなく、フクロウの鳴き声のようだったと表現している。だが、警察はそれは表現の仕方の相違に過ぎず、二人の女子学生が聞いたものは、ほとんど同質の奇声だったことは間違いないと判断していた。

どちらの事件でも、百合菜の場合と同様に携帯電話がなくなっていたため、警察は顔見知りの犯行の線も捨てていないらしい。しかし僕の印象では、犯行形態から考えると、サイコパスによる無差別的な犯行のように思えた。

不気味なのは、誰も犯人の姿を見ていないことである。教室棟の裏には、大きな杉林があり、犯人はとりあえず、その中に逃げ込んだ可能性があったが、そうだとしてもその後の犯人の逃走経路は不明だった。

確かに、校内に人が一番少ない時間帯ではある。しかし門が閉じる十一時までは、クラブ活動を行う学生や研究室で仕事をする教員は、少ないとは言え、まだ学内に残っているはずだった。それにも拘わらず目撃情報がまったくないことが、その金切り声に関する情報と相まって、学生の間で広まり始めていた犯人動物説に妙なリアリティーを与えていた。そして、それはまるで都市伝説のように、学内で流行していたのだ。

大学当局は、あと二日残っていた試験期間の間、学生の退校時刻を三時間早めて、夜の八時に変更した。ただ、教職員の退校時刻は従来通り、十一時のままだった。

さらに、大学当局は既に行われていた警備会社による巡回に加えて、教職員による夜の巡回を開始することを決定した。事務職員は、この巡回に参加せざるを得なかった。教員は、ボランティア参加ということになった。夏休み寸前で、どの学部も教授会を開くのが困難というのが表向きの理由だったが、職員のほとんどはそんな説明は信じていなかった。要するに、教授会を開いたところで、学内の巡回のような警備員紛いの仕事が了承されるはずはないのだ。正面切って却下されるよりは、教授会を開かず、ボランティアの余地を残したほうがいいというのが、大学上層部の判断だったのだろう。

（2）

八月六日。僕と中橋は夜の七時四十分から、二人で教室棟の一階から歩き始めた。僕も中橋も、大学名の入った腕章を腕に巻いている。

僕が無線機を持ち、中橋が懐中電灯で周囲を照らす。学生は八時を過ぎたら、学内に残ることができないから、照明の光はいつもの半分に落ち、全体が薄暗い雰囲気だ。

僕らは、午後の六時に巡回の実施本部が置かれた教室棟二階の教員控え室に集まり、学生部職員を中心にその日のローテーションを決めた。その日、実際に巡回を行う者は、当日の参加学部職員五名プラス学生部職員三名の全部で八名だった。それ以外に、本部要員として、学生部課長を含む四名の職員がいる。

文学部から僕と中橋の二名が出ており、その他の三人は、経済、社会、教育の学部職員が一名ずつだった。従って、僕と中橋だけが同じ学部の職員の組み合わせで、あとは学部職員と学生部職員がペアとなっていた。結局、教員など一人も参加していなかった。

巡回の実施本部に詰める中心人物は、田崎（たさき）という六十の定年に近い学生部の課長だった。田崎は、学生部一の有名人で、学生運動が華やかだった頃は、過激派対策のエキスパートだったらしい。やり手という表現がぴったりで、年は取っていてもこういう非常事態にはいかにも能力を発揮しそうだった。髪には多少の白髪が交じっていたが、髪の量は多く、全体的に若々しい感じで、五十前後にさえ見えなくもない。

最初は、その月の担当学部の社会学部長も顔を出していたが、冒頭の挨拶をしただけでさっさと引き揚げていった。

連絡系統が確認され、何か異常事態が起こった場合は、僕らが無線で田崎に連絡し、さらに田崎が学生部に電話連絡する手はずだった。学生部には、まだ相当の職員と学生部長が残っており、事態によっては学生部長の判断で警察に連絡することになるのだ。

田崎の提案で符丁も決められていた。過去三件と同様の事件に遭遇した場合、「一〇四号発生」と短く言い、場所だけを正確に告げることが確認された。同類の四番目の事件発生という意味だ。

僕は、田崎がもとは警察官だったという噂を聞いたことがあった。確かに、「一〇四号」などという言葉は、警察の通達文書に出てきそうな表現だろう。

僕と中橋の最初の巡回は、夕方の六時二十分からで、四十分程度研究室棟を回った。まだ周りは明るかったし、この試験期間に研究室棟に学生がいることもほとんどなかったから、幾分、緊張感の欠ける巡回となった。いったん、教員控え室に戻り、四十分休んで、今度は、教室棟の巡回を始めていたのだ。

まず、二階の実施本部から一階に下り、エレベーターを使わずに、階段を上って、最上階の八階まで行く。もちろん、各階ごとにすべての教室を回り、未だに残っている学生がいれば、注意して即、大学の外に出るように促すのだ。

八時少し前から、大学側の校内放送が繰り返し流れ、すべての学生に退校するように促していた。

もうすぐ午後八時になります。午後八時からは、すべての学生諸君は、大学の中に残ることができません。今すぐ、キャンパスから出てください。

いかにも無機質な、あらかじめ録音された男の声がそう繰り返していた。こういう環境で聞くと、こんな平凡なアナウンスも何となく不気味に響く。それに大学の学内も、普段学生が溢れているときは何とも感じないのに、廊下と教室だけのだだっ広い薄闇の空間を歩いていると、心が騒ぎ、理由もなく不安を感じ始めるから不思議だ。

「主任、人がいなくなった大学って気味が悪いですね。研究室棟のときは、まだ、外も明
るかったからそれほどにも感じなかったけど、日が沈むと何だか嫌な気分ですね」
　僕は中橋の言葉を聞きながら、廊下の外の窓に映る僕と中橋の姿をぼんやりと見ていた。
僕は背が低く、中橋は長身だったから、闇に浮かぶシルエットは極端な対照となって、何
か全体としていびつな雰囲気を漂わせていた。
「そうだな。特にあんな事件のあとだから、そう感じるのも無理はないよね。俺なんか、
小さくて腕力にも自信がないから、犯人に遭遇したらどうしようかってつい思っちゃうよ。
もっとも、今日は体力的に優れた君がいてくれるから心強いけどね」
　僕は少し冗談ぽい口調で言ってみた。しかし、中橋の返事は意外にリアルだった。
「僕だって怖いですよ。相手は刃物を持っているかもしれないんでしょ。それに異常者の
可能性も高いし」
　僕たちは教室の一つ一つを見て回った。僕が教室の扉を開き、中橋が懐中電灯で室内を
照らす。そんな繰り返しだ。
　結局、一階の教室はすべて完全に空（から）だった。別の巡回グループの話では、教室にたまに
男女のカップルなどが残っていて、押し問答になることもあるらしいのだが、僕たちの巡
回はいたって平穏だった。
　階段の下にある、男子トイレと女子トイレの前に来た。トイレは巡回の重点区域にする

ことが、打ち合わせで確認されていた。ただ、問題があった。巡回チームの中に、女性が少なすぎるのだ。その日の巡回担当者八名の内、女性は教育学部担当の若い職員一名だけだった。

男性ペアの場合、果たして女子トイレの中にまで入っていいものか。それは当然に起こって来る疑問だった。しかし、女子トイレこそ連続殺人の現場となっている場所なのに、巡回チームがそこをただ通り過ぎるだけではあまりにも無策だった。

そこで、田崎が僕たちに指示したマニュアルでは、女子トイレの前では、まず扉をノックして、中に向かって大声で「大学の警備の者です。誰か中にいませんか？」と呼びかけ、返事がない場合は中に入って個室をチェックすることになっていた。

まず明かりの消えている男子トイレに入って、スイッチを点けてから、個室も含めて中をチェックした。異常なしだ。

僕たちは外に出て、女子トイレの前に立った。中の明かりは、男子トイレ同様消えている。僕と中橋は、何となく顔を見合わせた。

「中橋君、頼むよ」

中橋はたいして躊躇(ちゅうちょ)することもなく、かなり激しくノックして、マニュアル通りの言葉を叫んだ。さすがに気のいい体育会系だ。

僕たちは一分間ほど待った。応答はない。僕たちは互いに頷きあって、中に入った。中橋が壁際のスイッチを押して、明かりを点ける。煌々と点った明かりは、異様なほど鮮明にトイレ内部を照らし出した。どこがどう違うのかは分からない。しかし、僕が生まれて初めて入った女子トイレは、普段見慣れている男子トイレとはどこか違った。

個室は六部屋だ。奥から、いちいち扉を開けていった。中橋が強くノックし、応答がないのを確認した上で、僕が扉を開く。一番手前の個室に来て、異変が起こった。ノックに応答はなかったが、僕が扉を開けようとしても開かないのだ。

中橋がもう一度ノックして、今度は自分で開けようとした。だが、やはり開かない。僕と中橋は顔を見合わせた。中橋は無言のまま、身振りで僕に出入り口の近くに下がるように合図した。

不意に胸の鼓動が激しくなり、胸骨近辺を疼痛が走った。中橋が、囁くような声で「中に人がいます」と言ったからだ。「本当か？」と僕が念を押すと、中橋ははっきりと頷き、持っていた懐中電灯で僕の無線機を指し示した。まず、実施本部に連絡をしたほうがいいという意味だろう。

僕は中橋を一人だけ中に残し、いったん廊下に出た。すぐに無線の通信ボタンを押した。

「こちら島本チームです。教室棟一階の女子トイレの個室に、誰か人がいます。ノックしても扉を開けようとしません。明らかにおかしいです。どうぞ」

「そのまま、待機せよ。今すぐに、応援に行く」

田崎の声が聞こえた。「了解」と短く答えて、無線機を切った。実施本部は二階の中央にあるから、僕たちのいる場所まで一分程度で来ることができるはずだ。

がやがやという足音が目の前の階段を駆け下りてきた。田崎自身が先頭に立ち、後ろに三人の比較的大柄な学生部職員がいる。さらに一番うしろには、教育学部の女性職員がいた。女子トイレであることを考えて、いざというときに備えて連れてきたのだろう。

田崎は女子トイレの前に立つ僕を見ると、大きく頷き、後続の職員たちに足音を抑えるように身振りで指示した。足音が止み、不意に忍び足になった。

僕たちは、田崎を先頭に中に入った。問題の個室の前に、中橋が緊張した表情で立っている。微かだが、中から人声らしきものが聞こえている。

僕は想像力をたくましくした。女子学生を襲った犯人が、人質を取るような恰好で中に潜んでいて、声を出すなと脅しているのではないか。そのうちに、例の金切り声が聞こえてくるかもしれない。

しかし、と僕は思った。改めて僕の周囲の人間を見回した。一番後ろの出入り口近くにいる、やや脅えた表情の教育学部の女性職員を除けば、仮に異様な金切り声が聞こえてきたとしても、逃げ出すような人間ではない。

だとすれば、飛び出して来る犯人と乱闘になる可能性もある。僕は、犯人が持っているはずの凶器のことを考えた。一方、僕らは誰も武器となるものを持ち合わせていない。せいぜい、中橋の懐中電灯と僕の無線機があるだけだ。

　不意に田崎が一歩前に進み出て、激しくノックしながら大声で怒鳴った。

「おい、中に誰かいるんだろ。早く出てこい。出てこないと、扉をこじ開けるぞ」

　扉のロックを解除する音が聞こえた。僕らは身構えた。それから、ゆっくりと扉が開き、若い前髪を下ろした学生らしい男が顔を出した。呆然とした表情だった。

　僕に来た第一勘は痴漢だった。僕らの大学くらいの広大なキャンパスになると、痴漢が出没するのも、よくあることなのだ。特に夏場が多いと聞いていた。

　しかし、僕はこのあとに繰り広げられた光景に唖然とした。田崎が半開きの扉を大きく開け放つと、便器の蓋の上に座り込んでいる、紺のデニムのショートパンツを穿いた若い女の姿が目に飛び込んできたのだ。一見して、襲われて人質にされた女には見えなかった。

　僕は、女のショートパンツのジッパーが上がりきっておらず、白い下着の一部が覗いているのに気づいていた。何だか、慌てて穿いたために、そんな無防備な姿をさらしている雰囲気だった。白いV字のTシャツから、よく発達した胸もこぼれるように見えている。

「お前ら、こんなところで何をしてるんだ！　さっさと外へ出ろ」

　田崎が特大の声で一喝した。男が弾かれたように外に出て、女もあとに続いた。中には、二人の物らしい、小さなショルダーバッグが残されている。僕が中に入り、その二つのバッグを拾い上げた。そのとき、僕は生理用品を捨てるための金属容器の中に捨てられていた、使用済みのコンドームにちらりと視線を投げた。

全身が弛緩（しかん）していくのを感じた。とんだ番外劇だった。もしこの二人が琉北大学の学生なら、それなりの処分を受けるだろう。だが、それは今学内で起こっている重大事件の解決とは、何の関係もないことは明らかだった。

（3）

翌日の文学部事務室では、前日の番外劇騒動の話題で持ち切りだった。そういう話が大好きな希美が、起こった事の一部始終をほとんど中橋から聞き出していたのだ。

「まったく、どうしてあんな狭いところでやるのかな。近頃の学生はまったく常識がありませんね」

中橋が呆れたような口調で言った。だが僕には、中橋の言葉もどこかピントがずれているように思えた。狭さの問題じゃないだろと突っ込みたくなるのだ。

「でもね、そういう事件って氷山の一角らしいわよ。夜の大学校内の女子トイレから、男女の声が聞こえてくるなんて話、それほど珍しくもないらしいよ。やっぱり、ラブホテルなんか使うとお金が掛かるし――」

希美がしきりに中橋に話していた。妙子が露骨に嫌な顔をしているのに、僕は気づいていた。

「それにしても、あの二人がうちの学部の学生でなくて助かったよ」

僕は話の方向を変えるように言った。それは本音でもあった。二人は社会学部の二年生だった。

不意に希美の後方にある通用口が開いて、見知らぬ男が入ってきた。その通用口は、普通は教員が事務的な用で僕たちのところにやってくるときに使う出入り口だった。希美が立ち上がって応対し、すぐに「主任」と言いながら僕のほうを見た。

僕は立ち上がり、男に近づいた。男は中肉中背だったが、肩の筋肉は異様に盛り上がっていた。眼鏡は掛けておらず、鋭く切れ上がったまなじりが特徴的だった。年齢は四十代前半と言ったところか。

僕は男が刑事であるのは容易に想像が付いた。しかし、これまでに一度もあったことがない刑事だ。

男は名刺を差し出した。日野警察署の刑事組織犯罪対策課の刑事で、黒木（くろき）という苗字だった。おそらく、日野警察署に置かれている特別捜査本部の捜査官だろう。

「島本と申します。私が一応、警察関係の方に対応することになっていますので――」

「そうですか。それでは事件のことで、二、三、お伺いしたいことがあるのですが、この部屋では――」

黒木は言い淀んだ。要するに、外に出たいと言いたいのか。それは僕も望むところだった。

僕らは事務室の外に出て、学生広場の方向に歩いた。午前十時過ぎとは言え、早くも気温は三十度を超え、その日も間違いなく猛暑日になりそうだった。僕は黒いズボンに、白い半袖のYシャツという恰好だが、暑さでYシャツの下に着ている肌着が既にじっとりと濡れているのを感じていた。肥満気味の人間は、全般的に汗かきなのだ。

黒木は、紺のズボンにベージュの地に水色のストライプのYシャツだった。首からは、地味な茶褐色のループタイを垂らしている。

僕たちは、学生広場の中央のベンチに座って話した。試験期間である上に、暑さも半端ではないせいか、広場はいつになく空いていた。学生たちは暑い場所は避けて、図書館など冷房の効いたところに移動して、試験勉強をしているのだろう。しかし、その試験期間も今日で終了する。

「まず、尾関教授について、少々お伺いしたいのですが」

いささかうんざりしていた。最初は尾関のことなどまったく聞かなかった刑事たちも、その頃は既に捜査本部内で情報が行き渡っていたせいか、質問は尾関のことに集中していた。しかし、僕は不満顔は抑えて、同じような質問に同じような返事を繰り返した。

「で、あなたは本音を言うと、どうなの。尾関教授にセクハラがあったかどうかはともかく、それが原因で彼が自分のゼミ生を殺したなんてあり得ないと思ってるのかな?」

黒木は、突然、妙に砕けた口調になって、こう訊いてきた。本能的な警戒心が働いた。

「本音と言われましてもね。それは僕ではなく、警察が考えることですから」

僕は皮肉な笑みを浮かべて応えた。黒木のなれなれしさを拒否するように、丁寧語を崩さなかった。

「それも、そうですね」

黒木は丁寧語に戻り、微かに苦笑したように見えた。それから、唐突に話題を変えるように言った。

「ところで、学生相談室の柳瀬さんという女性職員から聞いたのですが、あなたの学部にはあの有名な高倉教授がいらっしゃるそうですね」

僕は会話が妙な方向に流れ出したのを感じた。高倉のことを聞かれることなどまったく予想していなかった。

「ええ、いらっしゃいますが――」

「あの先生も今度の件とまったく無関係というわけではないでしょ?」

「と、おっしゃいますと?」

黒木の言う意味が分からなかった。

「最初に殺害された御園百合菜は、高倉教授のゼミに替わりたがっていたというじゃありませんか」

「それはそうですが、それは御園さんが尾関先生とうまくいっていなかったために、御園さんのほうでそう希望していただけで、高倉先生はこんどの件とはほとんど関係ないと思いますよ」

「なるほど、そうとも言えますがね。ただ、尾関教授は、高倉教授が琉北大学に就職する人事には反対したそうですね」

僕は黒木がそんなことまで知っていることに驚いていた。だが、事実としてはその通りだった。僕は事務主任として教授会に出ていたから、その事情もよく知っていた。尾関が承認投票の前に発言して、徹底的な高倉批判を展開したのを覚えている。しかし、尾関の強い反対にも拘わらず、高倉の人事は圧倒的多数で承認されていた。

「いや、それは教授会の審議内容にも関わることで、僕には守秘義務がありますので、申し上げられないのですが――」

「そうですか。それにしても、高倉教授も運のない方ですね。彼の行く先々で殺人事件が起こっているじゃありませんか」

そう言うと、黒木は乾いた声で笑った。唖然とした。黒木が何を言いたいのか、ますます分からなくなった。

僕は人生で最大の喜びを感じていた。学内の異常事態で、みんなうんざりしていたにも拘わらず、である。

（4）

唯にデートの約束を取り付けたのだ。内気な僕が何でそんな大胆な提案ができたのか分からない。ものの弾みのようなものだった。だからこそ、うまくいったのだろう。

黒木と初めて会った日の午後、僕が学生部の唯を訪ねたときのことだ。僕と一緒に外に出てきた唯としばらく一緒にキャンパス内を歩いた。唯は、別の事務部署に用事があったのだ。僕はそのとき、初めて本音を口にした。

「まったく嫌になっちゃうな。このところ、僕の仕事はマスコミや警察対応ばっかしですからね。たまには柳瀬さんなんかと食事でもしながら、事件とは関係のない話をのんびりしてみたいですよ」

僕は言いながら、自分でもどきっとしていた。自然さを装ったつもりだが、実際にその言葉が僕の口から発せられてみると、露骨な意図が丸見えに思えたのだ。だが、唯の反応はあまりにも意外だった。

「私もです。私もすっかりストレスが溜まっちゃってるんです。島本さん、今度、夜ご飯でも一緒に食べましょうよ。島本さんは、学生部の人じゃないから、私もなんだか気楽に話せる気分になるんです。業務のことでもいろいろと相談したいこともあるし——」

唯は最後の一言は、少しはにかむような表情で言った。心臓が強く打ち始めた。同時に、最大のチャンスだと思った。一度だけでもいい。どうしても、唯と本物のデートをしてみたかった。

「じゃあ、本当に行きましょうか？　柳瀬さんは曜日的にはいつが都合がいいんですか？」

僕の声は幾分震え加減だったに違いない。僕は目をつぶって唯の返事を待つ心境だった。唯の言葉が、単なる社交辞令でないことを祈った。

「月曜日なんかどうでしょう。私、来週の月曜日に公休を取っているんです。特に休みを取らなくっちゃいけない用事もなかったんですけど、このところ、休みも取っていないし。でも、休みを取っても案外何もやることがないことに気づいたりして——」

僕は体内にこみ上げてきた喜びを、何とか外に見せないように抑え込むのに苦労した。同時に、唯がそんなことを言うのも意外だった。唯ほど美しい才媛だったら、当然、休日にデートするにふさわしい恋人がいるだろうと思っていたのだ。

「ああ、夜でよければ僕も来週の月曜日なら大丈夫です。どこで待ち合わせますか？」

「どこでもいいです。島本さんは、お仕事があるでしょうから、私のほうが合わせます」

僕たちは結局、午後七時に新宿の京王プラザホテルのロビーで待ち合わせることにした。

（5）

その夜、僕は嫌な夢を見た。

僕は、中橋と一緒に大学校内を巡回していた。窓の外には漆黒の闇が横たわっている。僕も中橋も無言だ。中橋がときおり翳す懐中電灯の光が、子供のいたずらのように、弱い光の影を舞い踊らせている。

突然、不気味な金切り声が響き始めた。胸が締め付けられるような、実に不快な金属音だ。女子トイレのほうから聞こえる。僕と中橋は走り始めた。

女子トイレの前で立ち止まった。戸口の前に立つ男の背中が見えた。舞台の暗転のように、それまで点っていた廊下の薄明かりが不意にかき消えた。僕は不安になって、僕と一緒に走って来たはずの中橋のほうに視線を投げた。彼の姿はいつの間にか闇に消えている。僕は、一人でその男の背中に声を掛けた。

「ちょっとすみません。こちらに向いていただけますか」

返事はなかった。ただ、男はすぐに振り向いた。けたたましい叫び声が響き渡った。それは僕自身の声だった。

振り向いた男の顔面は、真っ赤な血で染まっていたのだ。その顔は微かに笑っている。

しかも、僕の知っている顔だった。

高倉教授だ。僕は呻くような叫び声をもう一度上げた。

「先生、何でこんなところに？」

僕はいかにも間抜けな質問をした。彼が犯人に決まっているのだ。

「どうして？　今、中で人を殺して来たからですよ」

そう言うと高倉は、くぐもった声で笑った。

「ということは？」

「私が三件の女子大生殺しの犯人なんです。そして、今日で四件目だ。だとしても、たいしたことではないですよ。人間は、誰だって人ぐらい殺せますからね。あなただって――」

高倉はぞっとするような笑みを浮かべて、僕を凝視した。その顔が崩れ、目、鼻、口の欠けた、カタツムリのような肉塊が現れた。ぬめっとした、生々しい感覚が視覚と触覚の双方を撫で上げるように刺激した。意識が遠くなるのを感じた。

目を覚ますと、心臓が早鐘のように打っている。僕は麻薬中毒患者にも似た覚束ない足取りで立ち上がり、キッチンまで行って水を飲んだ。畳部屋に戻り、蒲団の上にへたり込むように座った。枕元の目覚まし時計が午前三時を指している。

蒸し暑い夜だった。僕は蒲団の横に置かれた座卓の上にあるリモコンで、冷房を作動させた。涼しい風が室内に行き渡った。

僕は、幾分落ち着き、今見た夢の意味を考え始めた。それはとりもなおさず、何故高倉の行く先々で殺人事件が起こるのかを考えることだった。

二つの仮説が浮かんでいる。一番分かりやすい考え方は、高倉自身がその犯罪行為の担い手である場合だった。名探偵が、即、犯人という古典的パターンだ。

黒木が日野署の刑事であることにはやはり大きな意味があるような気がしていた。高倉が、それによって有名になったもともとの事件は、日野市で起こった一家三人の行方不明事件なのだ。

それも高倉の自作自演である可能性がある。つまり、高倉がその一家を殺害しているとしたら――。黒木もそう疑っているのではないか。そして、高倉がサイコパスだとすれば、琉北大学での殺人事件も、彼の仕業であってもおかしくない。

もう一つの仮説。これのほうが僕には遥かに信憑性の高いものに思えた。今度の琉北大学で起こった殺人は、いわば著名な犯罪心理学者である高倉の存在を身近に感じた犯人が、潜在意識の中に隠蔽していたサイコパスとしての異常性を引き出され、犯行に及んだというものだった。そうだとすれば、犯人はやはり琉北大学関係者である可能性が高い。

僕は果てしない思考の渦に搦め取られていた。僕は新聞配達のバイクの音が聞こえるまで考え続けた。

（6）

八月十日（月）。唯とのデート日だ。大学の定期試験は何とか終了し、その結果、教職員による巡回もいったん中断になっていた。十二日から十六日までは盆休みとなるから、大学の事務職員も少しほっとする時期ではある。しかし、とんでもない事件の発生で、警察やマスコミ対応に追われた僕は、休み期間のうちに自宅で処理すべき事務仕事を抱えていたから、今年の盆休みは完全にのんびりできるわけでもなかった。

午後一時、僕は学部長室に呼び出されていた。室内に入って、驚いた。落合学部長以外に高倉もいたのだ。どうやら落合が、僕が来るのに合わせて高倉も呼び出したらしい。

僕は落合の指示に従って、窓側のソファーに落合と横並びに座って、高倉と対座する恰好になった。僕が一礼して座ると、落合がすぐに喋り出した。

「島本君、今日君に来てもらったのは、例の事件について、今後のこともあるから、学部長である私と、事務サイドとであらかじめ相談しておいたほうがいいと思ったからだよ。野田課長の話によると、学生部と打ち合わせて事件のことを一番よく知っているのは、文学部事務では君らしいからね。高倉先生にも同席していただいたのは、こういう異常な事件に慣れていない我々としては、高倉先生のような専門家の助言が必要だと判断したからだ」

ここで落合は一呼吸置いた。僕は高倉を見つめて、「ご苦労様です」とでも言うように深々と頭を下げた。

高倉は、そういう僕に対して軽く目礼して応えた。ごく自然な対応だった。

高倉は着任してからまだ間もない教授だから、僕だってその人となりをよく知っているわけではない。しかし、特に嫌な点は何一つ感じさせない教授だった。

ただ、長身の上に顔立ちも整っているので、僕のような卑屈なタイプの人間はどうしても劣等感を感じてしまう。学歴も東大出身だから、高卒の僕から見たら、やはりとてつもない存在に見えるのだ。もっとも、大学教授の世界では、東大出身者などごろごろいる感じで、現に西洋史の専門家である落合も東大出身だった。

「特に今日の話の中心は、尾関教授のことなんだよ。とても言いにくいことなんだが、学内で起こった殺人のどれか一つにでも彼が関与していることが分かれば、我々の致命傷になることは間違いない。理事も大変それを心配している。従って、万一の場合に備えて、対策を立てておけというお達しなんだ。彼らは、こういうとんでもないスキャンダルで受験生が激減することを極度に恐れているんだな」

落合はここまでは横に座る僕に向かって喋っていたのだが、不意に正面に座る高倉のほうに向き直った。

「何しろ、私立大学にとって、受験料収入は、文部科学省からもらう私学助成金の次に大事なものですからね」

落合は言葉遣いを改めて、高倉に向かってこう言うと、軽く笑った。

「大変なことになりましたね。早く犯人が逮捕されて、とりあえずの決着が付かないと、確かに来年の受験生数にも影響が出る可能性もありますよね」

高倉も、深刻な表情で応じた。

「それで、高倉先生、犯人は学外者である可能性もあるんでしょ。これは尾関さんのこととは無関係に申し上げるんだが、やはり学内の人間が犯人であった場合の影響は計り知れませんからね。何だか、犯人の金切り声が学内やネット上で話題になっていて、犯人動物説がまことしやかに噂に上っているそうですが、私なんか一層のこと、犯人は動物であって欲しいと思うくらいですよ」

落合の話を聞きながら、高倉は微かに苦笑したように見えた。

「私が知っている限られた情報だけで、落合先生の質問にお答えするのは難しいですね。それに、私の犯罪心理学など所詮、机上(きじょう)の空論です。あくまでも推測に過ぎませんから、現実を言い当てるのはなかなか難しい」

「いや、そうはおっしゃっても、先生は警察と一緒に現実の事件に対処した経験をお持ちなわけですから、やはり我々としては頼りたくなってしまうんです」

「そうですか。それではごく一般論として申し上げますと、もちろん、犯人がうちの大学とは無関係な学外者である可能性はあります。何と言っても、殺害現場は大学の女子トイレという、その気になれば誰でも侵入できる場所です。従って、学外の変質的な異常者が女子トイレ内で無差別的な犯罪を実行したと考えることは、不可能ではありません。しかし、その可能性は低いでしょうね」

「低い？ どうしてでしょうか？」

ここで落合が言葉を挟んだ。自分の期待とは異なる見解を高倉が述べることを恐れているような口調だった。

「やはり、殺された女子学生が全員文学部の学生であることが気になります。もちろん、三人だけですから、ただの偶然と考えることも不可能ではない。しかし、三件とも被害者の携帯電話が未だに発見されてないわけですから、これも犯人が通話記録を調べられるのを嫌ったと考えられ、犯人と被害者の人間的繋がりを窺わせます。そのうちの一人が尾関教授とのトラブルを抱えていたわけですが、私は尾関さんが犯人である可能性も、犯人が学外者である可能性と同じくらい低いと思っています」

「ほうっ、その根拠は？」

「根拠というよりは、犯罪心理学的な推測とでも申し上げるべきでしょうか。ポイントは、今回非常に話題になっている、動物の鳴き声のような金切り声です。実はその話を聞いたとき、私はある外国の文献のことを思い出したんです。殺人事件に動物が関係しているというのは、小説などでもありまして、古くはポーの『モルグ街の殺人事件』のような作品もあります。しかし、私が思い出した文献というのは、一九六一年に実際に起こった『リチャード・ボーガン事件』という風変わりな事件です。私もこの事件のことは知らず、同じ年に起きた『ヨーク・レイサム事件』という有名な大量殺人事件のことを調べているうちに、あるアメリカの犯罪学の雑誌に掲載されている、この事件についての論文を偶然読んだのです」

このあと、高倉は、ボーガン事件についてかなり詳細に語った。

妻から離婚を求められていた夫のリチャード・ボーガンは、妻を殺害する計画を立てた。その日、ボーガンは自宅にいないことを装って、自分の車を駐車場から出し、裏山の間道に隠すように停めておいた。それから、午前九時頃、妻を細く丈夫な釣り糸を使って、絞殺した。細い釣り糸と言っても、絞殺だから、索条痕(さくじょうこん)はほぼ水平に残った。

だが、彼はここから大変な工夫をしている。まず、この索条痕に沿って、調理用の包丁で妻の喉を切り開き、さらに素手でその肉を引きちぎるようにしたのだ。

その結果、索条痕は消え、乱暴に喉をえぐり取られた無残な死体が残った。妻の胸元にも定規を使って、いくつかのひっかき傷を作った。それから、ボーガンは悠然とシャワーを浴び、体から徹底的に血を洗い流し、衣服も着替えている。ところが、そのあとで、彼にとって予想外なことが起こった。不意に隣家の主婦が訪ねてきたのだ。

もちろん、彼には妻も彼も留守であることを装う選択肢はあっただろう。しかし、彼は咄嗟(とっさ)に動物の泣き叫ぶような金切り声を立てたのだ。英語ではscreech(スクリーチ)と言うらしい。

実は、その地域は寒冷な山岳地帯に囲まれた盆地のような場所で、日頃から野生の大型サルが出没して、人的被害も出ていた。そのちょうど一週間前も、近くの老婦人がサルに襲われて重傷を負うという事件が発生していた。

隣家の主婦は、そのスクリーチを聞いて自宅に逃げ帰り、まず必死で戸締まりをしてから、何十マイルも離れた所にいる保安官に電話で通報する。その間に、ボーガンはこっそりと家を抜け出し、裏山の間道を走って自分の車の所に行き、そのまま運転して、とりあえず町のほうに逃げた。それから、いくつか買い物をして、数時間後に何食わぬ顔をして自宅に戻ってきた。ボーガンは保安官に対して、これまで何回か庭までサルが下りてきて、彼が銃で威嚇(いかく)して何とか追い払ったことがあると証言する。

彼の証言は信用され、計画は見事に成功したように見えた。今と違って、科学捜査がそれほど発達していなかった時代である。ボーガンが工夫を凝らしたのど元や胸の傷は、まさにサルに襲われてできた傷に見えたのだろう。

それにある種の偶然もボーガンに味方した。普通は、絞殺後、刃物で死体を切ったような場合、死後切断だから、生体切断に比べて出血量が少ないはずだが、このときは絞殺直後だったせいか、かなりの出血が認められたのだ。

さらには、一九五〇年代の後半から六〇年代に掛けて、アメリカの比較的辺鄙な地域では、地域に密着した二、三人の保安官がほとんどの事件に対処するのが普通だった。もちろん、手に負えないような重大事件が発生した場合は、上級の捜査機関が捜査に乗り出すことはある。ただ、ボーガンの事件は単純にサルの襲撃によって主婦が死亡した事故とみなされたため、保安官と地域の住民によって山狩りが行われ、何匹かのサルが射殺されただけだった。

しかし、この犯罪を暴いたのは、他ならぬボーガン自身だった。あまりにもうまくことが運びすぎたことに、彼自身が驚いていたのかもしれない。こういう犯罪者特有の自己顕示欲が墓穴を掘ったのだ。

ボーガンは、そのからくりを親友に話してしまった。そして、その親友は怖くなって、警察に通報した。その後、妻が彼と離婚しようとしていたという事実も明らかになり、凶器や血の付いた着衣が裏山から発見されたり、浴室で血液反応が出たこともあり、ボーガンは逮捕され、裁判でも有罪になった。ボーガンは後の取調で、この計画を思い付いたのは、ポーの『モルグ街の殺人事件』を読んだときだと供述したらしい。

僕はこの話が何故、尾関と関係があるのか分からなかった。

「となると、山狩りで射殺されたサルはとんだとばっちりだったわけですね。冤罪で死刑にされたようなものだな」

落合が冗談とも本気とも付かぬ口調で言った。それから、再び真剣な口調で、僕の思っていることと同じことを尋ねた。

「それにしても、今の話と、尾関さんが犯人である可能性が低いこととは、どう繋がるのですか？」

「はい、その点を今から説明させてもらいます。私はもちろん、赴任してきたばかりですから、尾関教授のことは挨拶を交わしたことがあるくらいで、ほとんど知りませんでした。ところが、彼のほうから私に近づいて来て、ある相談を持ちかけてきたのです」

「相談を持ちかけた？　それは意外ですな」

落合が再び、口を挟んだ。僕は教授会での尾関の反対演説を聞いていたから、複雑な気持ちになった。

「おそらく、私が警察関係のコネを持っていると思ったのでしょう。自分がどの程度疑われているのか、調べて欲しいと言って来たのです。その印象から、私は失礼ながら、尾関さんは非常に気の小さな方という印象を受けました。いや、これは尾関さんだけに当てはまるわけではなく、一般に大学教授というような知的なレベルの高い職業に就く人間の特徴と言ってもいいでしょう。しかし、さきほどの話のボーガンは、咄嗟の判断でサルの鳴き真似をして、隣家の主婦を追い払っているのです。何と大胆な行為でしょう。もちろん、彼の発想は、もともとその地域に野生のサルが出没して、人的被害も出ていることから思いついたものでした。ですから、サルの鳴き真似をしたこと自体はそれほど突飛なことでもなかったとは言える。しかし、実際にそれを適切なタイミングで実行するためには、優れた判断力と度胸の両方を持っていなければなりません。失礼ながら、尾関さんは、判断力はともかく、そんな度胸をお持ちであるようには見えませんでした。ボーガンは探偵小説マニアで、本質的な頭はけっして悪い人間ではありませんでしたが、教育レベルは高くありませんでした。その分だけ、大変度胸のある人間だったのです」

「しかし、今のお話で少し気になるのは、尾関先生も心理学がご専攻ですから、今、先生がおっしゃった雑誌論文を読んでいた可能性はないのでしょうか？」

僕が不意に質問したので、高倉は、若干、意外そうな表情をした。

高倉の言った、尾関に関する評価は僕の考えていたこととほぼ一致していたから、別にその評価に異論があったわけではない。ただ、素直な疑問として、尾関が同じ論文を読んでいる可能性を考えただけだ。

「いや、心理学と言っても、非常に広いですから、彼の研究領域は私とはまったく違います。彼が発表している紀要論文にも目を通してみましたが、彼の研究は基本的には実験心理学で、ほとんど理科系の論文と言えるくらいです。少なくとも、犯罪とは何の関係もない。特に、その論文は心理学系の雑誌に掲載されたものではなく、犯罪学の雑誌に掲載されたものです。別に尾関さんを試したわけではないのですが、その犯罪学の雑誌名を言っても、彼はその雑誌の存在そのものを知りませんでした」

「しかし、その論文は、今、僕たちの大学で起こっている殺人事件を解き明かすヒントにはなりますよね。尾関先生は無関係だとしても、犯人は、その論文のことを知っていた可能性はないでしょうか？」

僕は自分でも驚くほど、執拗に尋ねた。実は僕自身が推理小説マニアで、そういうことに大いに関心があったのだ。

「ないと思いますね。それは、一般の人から見たら、知っているはずのない非常に特殊な雑誌ですから、もし同じ論文を読んだ人間が犯人だとしたら、私のような犯罪心理学者や犯罪学の専門家が犯人ということになってしまう。それに動物の鳴き真似をして都合の悪い侵入者を追い払うというのは、それ自体は合理的な考え方で、格別に特殊な発想とも言えません」

「先生は、その話を知り合いの警察の方にお話しされたのでしょうか？」

僕は話題を変えるように訊いた。

「話しました。しかし、知り合いの刑事にではありません。警視庁には、確かに知り合いの刑事もいるのですが、私は尾関さんの要請に応えて、警視庁に問い合わせることはしませんでした。今の私の心境は、どんな事件であれ、そういう直接的な関与はしたくありません。ただ、たまたま日野警察署の刑事が今度の事件のことで、私の研究室にやって来たため、参考程度にそういう話をしたことはあります」

「その刑事、黒木という人ではなかったですか？」

思わず、訊いた。高倉の話に何かピンと来るものがあったのだ。

「そうです。確か、そんな苗字でした。どうしてご存じなのですか？」

「僕の所にも来ているんです。たくさん来た刑事の一人ですが――」

「そうでしたか。私の所にやって来た刑事は彼一人でしたから、忘れようがないのです」

「その黒木という刑事は、やはり、この事件に対する先生の見解を聞きに来たのですね」

今度は、落合が尋ねた。

「そうかもしれません。確かに、その刑事は漠然とした犯人像について質問しましたね。そこで私は今のボーガン事件のことを話し、そのスクリーチによって分かることとして、一般に大学教授のような知的職業の人間が、そんな大胆な行為で逃走を企てることは考えにくいとは説明しました。彼も私も尾関さんの個人名を挙げることはしませんでしたが――」

「大学教授のような知的レベルが高い人間」の中に、当然、高倉も含まれるのだ。尾関の名を借りて、高倉が自分の潔白を主張しているようにも聞こえた。

そのあと、さらに落合がいくつか質問したが、僕はもう、ろくに聞いていなかった。尾関に対する疑惑は、もともと僕の頭の中ではそれほど大きなものではなかった。それに代わって、高倉に対する妄想が暗雲のように立ち込めていた。

（7）

京王プラザホテルのロビー。チェックインカウンターは多くの人々でごった返していた。外国人観光客も多く、いろいろな国の言葉が飛び交っている。

僕は紺のサマージャケットを着て、ロビーに立ち尽くしたまま腕時計を見た。夕方の七時十分。約束の時間を十分過ぎている。僕は不安になり始めていた。

唯は話の流れで、あのときは肯定的な返事をせざるを得なかったのではないか。あとになって、やはり僕のように冴えない男とこんなデート紛いのことをすることが苦痛になり始めた可能性はあるだろう。断る口実はいろいろある。例えば携帯に連絡して、急に風邪をひいてしまったとでも言えばいいのだ。

僕は唯を待ちながら、自分の携帯が鳴らないか冷や冷やしていた。

「島本さん」

後ろから女性の声が聞こえ、振り向くと唯が立っていた。膝上二十センチくらいの黒のミニスカートに、やや目の粗い黒のストッキング。淡い緑色のブラウスに、薄い夏用の紫のジャケットを着ている。

まばゆかった。得も言われぬ刺激が、鋭利な刃物の切っ先のように、僕の脳髄を掠め過ぎた。

「遅くなってすみません。電車が少し遅れちゃって。何分待ちました?」

唯は幾分、はにかむような口調で言った。自分でもよそ行きの服装をしていることを意識している印象だった。

「いえ、僕も今来たばかりですから」

僕は明らかな嘘を言った。本当は、十分以上、じりじりして待ち続けていたのだ。

僕たちは本館二階の日本料理店に入った。唯は渡されたメニューを見て、少し困った表情をしていた。その値段が予想以上に高額だったからだろう。でも、僕にとっては想定内だった。

結局、僕たちは一万円を少し超えるコース料理を取った。それから、生ビールを注文した。

日本料理店では、事件の話はしなかった。僕は唯の出身地を訊いた。東京か、その近郊だろうと思っていた。ところが和歌山県の新宮だという。

僕は、若干、驚いていた。唯の言葉に西のなまりはあまり感じなかったからだ。

「田舎者なんです。もう東京に住んで長いですから、言葉はようやく標準語になりましたけど――」

唯も少しアルコールが入って、リラックスしたせいか、屈託のない口調で言った。僕は、ますます唯が気に入った。

「それじゃあ、阿佐谷には一人でお住まいですか？　マンションか何かに」

「ええ、そうです。名前はマンションってことになっていますが、実際はアパートみたいな建物ですけど」

そんな唯の応答を聞きながら、僕は唯は見かけの洗練されたイメージとは違い、案外庶民派なのかもしれないと思った。

僕も自分の家庭的背景について、少しだけ語った。父と母は既に死んでいて、兄弟姉妹もいない孤独な身の上であることを喋った。唯は、真摯な態度で耳を傾けてくれた。

二時間程度の食事を終えて、店を出たところで、僕は思いきって訊いた。

「柳瀬さん、時間は大丈夫ですか。実は、事件のことで少し相談したいことがあるんですけど――」

酔いのせいもあったのだろう。言葉は思ったより、スムーズに出た。

唯は腕時計をちらりと見た。同時に僕も自分の腕時計を翳した。午後九時を少し過ぎている。

「そうですか。実は、私のほうもお話ししたいことがあるんです。あと一時間くらいなら大丈夫です」

「じゃあ、四十五階にスカイバーがありますから、そこで話しませんか?」

僕はできるだけ感情を抑えて言った。唯は、おそらく「スカイバー」という言葉が、それほどピンと来なかったのだろう。ただ、曖昧に頷いただけだった。

エレベーターで四十五階に行くとき、僕はひどく緊張していた。乗客は僕と唯だけだったが、唯が妙に僕の近くに立つため、化粧と共に、唯の心地よい体臭がほのかに香るように感じた。特に、唯は蒸し暑いのかジャケットは脱いで手に持っていたため、ノースリーブのブラウス姿になっており、白い二の腕が妙に艶めかしかった。

スカイバー「リトルベア」に入った。室内は薄暗く、窓からはそれほど華やかでもない新宿の夜景が見えている。

僕たちは横並びに座って夜景を見ることができる、こぢんまりとした座席に案内された。唯は若干躊躇したように見えた。隣の席の若いカップルが肩を抱き合って座っているのを見たからだろう。だが、唯はそれほど拘った様子も見せずに、僕の横に少し距離を置いて座った。

唯は、店内に入るとき、ポーチだけ手に持ち、ジャケットと手提げのバッグを受付に預けていたので、膝を覆う物が何もなく、かなり短いスカートのため、網目のストッキングに覆われた太股が剝き出しになっている。唯は、明らかにそれを意識しているようで、不自然なほどきつく股間を閉じ合わせていた。僕は何か見てはいけないものを見てしまったような罪深い気持ちに駆られていた。

僕は、バランタインのウイスキーを、唯はモスコミュールを注文した。僕らは飲み物が運ばれて来るまで、あまり会話を交わさず、窓の外の夜景をぼんやりと見つめていた。それだけで十分満足だった。この状況は、どう見たってカップルのデート状態だった。一度でいいから、唯とそんなデート状態を体験してみたかったのだ。

僕らは飲み物が運ばれて来ると乾杯した。二人とも、飲み物に口を付けると、再び緊張がほぐれ始めた。

「島本さん、相談の内容って、どんなことですか？」

唯がようやく、事件について話すモードに入ったように訊いた。一瞬、言葉に詰まった。「事件のことで少し相談したいことがある」と言ったのは、「リトルベア」に誘う口実で、何か具体的な相談事を決めていたわけではないのだ。

「やはり、尾関先生のことで、学生部ともう少し意見調整をする必要があると思ったものですから。実は今日、学部長室に呼ばれたのですが、そのとき犯罪心理学がご専門の高倉教授もいらしていて――」

このあと、僕が高倉がそのとき僕たちに語ったことを簡略にまとめて、唯にも伝えた。

「そうですか。でしたら、高倉先生は、尾関先生の容疑は薄いとお考えなのですね。ああいう専門家の方がそうおっしゃるなら、やはり尾関先生は事件とは無関係なのかもしれませんね。島本さんもそうお考えですか？」

「さあ、それは僕には何とも。ただ、気になっていることが一つあります。この前、文学部事務室にやってきた日野警察署の刑事がしきりに高倉教授のことを訊いたのです。何でも、彼が行く先々で殺人事件が起こるのは、不思議と思わないかという意味のことを言ってました」

唯は、当惑したような表情で、一瞬黙り込んだ。最初に黒木からそう言われたとき、僕だって何と反応してよいか分からなかったのだから、唯がそういう反応をするのも当然だった。

「それ、どういう意味でしょう？」

唯がようやく落ち着きを取り戻したように訊いた。

「まあ、その刑事は自分の印象を素直に言っただけじゃないでしょうか。前に新聞で報道されたような事件と今度の一連の殺人事件を合わせて考えると、そういう印象を持たれても仕方がない面がある。それに、亡くなった御園さんは高倉先生のゼミに移りたがっていたわけだから、外部の人間から見たら高倉先生も多少関係があるように見えるんじゃないでしょうか」

「でも、あるわけないですよね」

唯が念を押すように言った。

「それはそうです。ただ、ああいう有名人のつらいところは、行く先々で妙に感応する人間が出ることじゃないでしょうか。彼の存在によって、自分の中に眠るサイコパスを引き出されるというか」

僕は多少酔いが回り始めていたのだろう。幾分饒舌（じょうぜつ）になって、高倉に対する自説を展開しようとしていた。

唯が不意に脚を組んだ。一瞬、スカートの奥深くが覗いた。

（8）

九月に入って、教職員による巡回が再開された。相変わらず、職員中心であることには変わりはない。しかし、さすがに一部の良心的な教授から、そういうことをすべて職員に任せておくのは問題だという声が上がり、教員の動員を正式に決めた学部もあった。

文学部も、その学部の一つだった。やはり、被害者が文学部の学生ばかりである以上、そう決めざるを得なかったこともあるのだろう。ただ、あくまでも拒否する教員を強制参加させることはしないという妙な留保条件が付けられていたから、正式決定と言っても、ボランティア状態であることには変わりがなかった。

その分だけ、僕の負担は大きかった。僕はほとんど一日置きに動員されていた。中橋は非常に積極的に協力してくれたが、あとは希美がときどき助けてくれる程度だった。しかも、その動機は不純だった。

中橋が参加意思を表明しているときに限って、協力を申し出るのだ。それでも希美が希望してくれる日は、僕は外れることができたから、希美の動機が不純かなどどうでもよかった。

派遣社員の妙子はそもそもそういう時間外労働に駆り出すことはできなかったし、課長の野田は、管理職としての仕事があるというもっともらしい理由を付けて、体（てい）よく断るのが普通だった。既に二十日程度行われている巡回に彼が参加した日は、たった一日だけなのだ。

九月七日（月）。文学部の巡回担当者は、またもや僕と中橋だった。この組み合わせはもはや定番化されていると言っていい。文学部教員の参加者はゼロだ。

だが、その日は教員ゼロに加えて、もっとまずいことが起こった。巡回の始まる一時間前、中橋が急に都合が悪くなったと言い出したのだ。

五時過ぎだったので、課長の野田も派遣社員の妙子も既に事務室にはいなかった。帰り支度をしている希美だけがただ一人残っていたが、希美もその日は高校時代の友人と会う約束があるという。だいいち、中橋との交代だから、希美にとって意味がなかった。

僕は困り果てた。中橋は本当に申し訳なさそうに恐縮しきっている。

「どうしても駄目なのか？　どういう用なの？」

僕は中橋を部屋の隅に呼んで、希美に聞こえないように小声で訊いた。

「それが、彼女が風邪を引いて寝込んじゃったもんだから、僕が薬や食料品なんかを持っていってあげなくっちゃならないんです。熱が三十八度以上あるようで、苦しそうなんで――」

そういうことか。僕はあきらめのため息を吐いた。

「それじゃあ、仕方がないな。そんなとき行かないと、関係がこじれちゃうよな」

「そうなんですよ。前に一度同じことがあったとき、僕が仕事があるって行かなかったら、彼女カンカンに怒っちゃって。結構わがままなんですよ。僕の彼女」

僕はつくづく男女の力関係も複雑なものだと思った。中橋のように女性に持てそうな男でさえも、翻弄してしまうような魅力的な女性もいるのだろう。

そのとき、僕は希美がしきりに僕たちを見ているのを感じた。希美に聞こえたら、ヤバイ話だ。希美なら、「そんなわがままな彼女なんか、さっさと別れちゃいなさいよ」と言いかねない。

「ねえ、中橋君、今日巡回に参加できないんでしょ。だったら、途中まで一緒に帰ろうよ。

私、新宿で友達と待ち合わせなの」

　いつまでも小声で喋っている僕たちに焦れたように希美が声を掛けてきた。中橋が困ったように僕を見た。

「分かった。じゃあ、今日は俺一人でやるよ。本部のほうには何とか言いつくろっておくよ」

「本当にすみません。この次、必ず埋め合わせはしますから」

「ああ、また、頼むよ」

　僕は言いながら、やっぱり中橋はいい奴だと思った。僕を除けば、中橋は一番参加回数が多いのだから、一回ぐらいのドタキャンでそんなに平謝りに謝る必要もないのだ。

「中橋君、家は千葉のほうなんでしょ。だったら、新宿までは中央線で一緒よね」

　中橋と共に、出入り口に向かって歩きながら、希美が言っている。確かに中橋は、船橋（ふなばし）の近くにある実家に、家族と一緒に住んでいると聞いていた。

「でも、今日、僕、ちょっと用事があって、途中で降りなくちゃいけないんですよ」

　中橋が当惑気味に応える声が遠ざかっていく。僕は苦笑しながら、二人の背中を見送った。

　二人がいなくなると、僕はふと自分の変化に気づいた。いくら中橋がいい奴だと言っても、結局自分の恋人のために約束していた仕事をキャンセルするのだから、以前の僕だったら、かなり頭に来て、それを露骨に顔に出したはずだった。その上、中橋は超イケメンときているのだから、そこに質(たち)の悪い嫉妬心も混ざったことだろう。

だが、僕はそういう事柄に対して、若干、我慢強くなっていた。それは明らかに唯とのデートの影響だった。

最初のデートの夜、帰りの電車がひどく混み合っていたのを覚えている。僕は唯と体を接するように電車扉の窓際に立っていた。会話はほとんどできなかったが、僕はそれでも満足だった。唯の左肘が僕の腰辺りに触れ、カーブが急になると、彼女の左臀部が僕の腰辺りにぎゅっと押し付けられてくる。僕は、正直、その感触を楽しんだ。

そして、阿佐ヶ谷駅に着いて、唯が降りる寸前に言った言葉は、僕を陶然(とうぜん)とさせた。

「今日は、本当にごちそうさまでした。また、誘ってくださいね」

唯のはにかむような笑顔が刺激的だった。一回だけのデートと覚悟していたのに、継続の可能性が出てきたのだ。僕の暗い人生に不意に差し込んできた淡い希望の光だった。そして、実際それは未だに続いていたのである。

（9）

午後六時十分前、僕は教室棟二階の教員控え室に入った。まだ、担当学部長も来ておらず、動員された教職員も、そこここで立ち話をしている者も多い。

僕は、出入り口近くのテーブルでローテーションを決めていた学生部職員に近づき、その日文学部からの巡回要員が一名だけであることを告げた。この職員は、僕より歳下の比較的温厚な人間だったから、当惑の表情を浮かべながらも、何とかローテーションを工夫しようとしてくれた。しかし、その日の参加人数がいつもより少ない上に、人数が奇数になってしまうため、どうしても僕一人でやらなければならない時間帯が出てしまうのだ。

「まったく、迷惑もいいとこだよ。文学部、何考えてるんだよ」

不意に背中から声が聞こえた。南雲(なぐも)という学生部の職員だった。僕と同期の職員だが、入ったばかりの頃は、国際交流課に配属されていた。学生部に異動したとは聞いていたが、巡回で南雲の姿を見るのは初めてだった。

僕は南雲が苦手だ。もちろん、同期という気安さもあるのだろうが、僕に対してはぞんざいな口調で結構厳しいことを言う男だった。

「申し訳ない。当てにしていた職員の家族に病人が出たもんでね」

低姿勢で謝るしかなかった。「家族に病人」というのは正確ではなかったが、恋人だって家族みたいなものだと思ったから、そう言ったのだ。

「だったら、交代要員を出すのが当然だろ」

南雲は予想以上に執拗だった。そのとき、特大の大声が聞こえた。

「何をごじゃごじゃ言ってるんだ。揃えられなかったんだから、しょうがないだろ。一体、島本君が何回巡回に参加してると思ってるんだ。おい、南雲、お前巡回に参加するのはこれで何回目なんだ」

怒鳴ったのは、教員控え室の中央のテーブルにでんと座っていた田崎だった。異様な沈黙が支配した。南雲は暗い表情で黙りこくった。そのとき、担当学部長の経済学部長が入ってきたため、事務職員と一部の教員はそれぞれ一斉に席に着いた。

結局、六時二十分から始まる研究室棟の巡回は僕一人でやり、七時四十分の教室棟の巡回は、臨時に田崎が僕とペアを組んでくれることになった。田崎が巡回に加わるときは、本部に詰める学生部の職員が、田崎の代理を務める手はずだった。

午後七時四十分、僕と田崎は教室棟の一階に下り、巡回を開始した。

「田崎さん、先ほどはすみませんでした」

僕は、階段を下りるとき礼を言った。

「なに、気にすることなんかないよ。君自身は、十分以上に協力しているじゃないか。南雲の奴なんか、いつもいろいろと口実を付けて逃げ回っているくせに、あんなことを言う資格なんかないんだ」

どうやら、学生部における南雲の評価は低いようだった。それにしても、これまでろくに話したことがなかった田崎があんなに庇ってくれるとは意外だった。

田崎と組んだ巡回は楽だった。田崎は、手慣れた態度で、教室のチェックを次々にこなしていく。その夜は、一階の教室にときたま複数の学生がいたため、田崎がてきぱきとキャンパスの外に出るように指示を与えた。例の下校を促すアナウンスも繰り返し流れている。

巡回は順調に進み、五階まで来た。階が上がるに連れて、教室に残っている学生は少なくなっていた。五階の教室には誰も残っていなかった。

だが、僕たちが照明の落ちた暗い廊下を歩いて、男女のトイレのある位置に来たとき、事件は起きた。女子トイレの中から、か細い女の悲鳴が聞こえたように思ったのだ。

田崎がすぐに激しく、女子トイレの扉をノックした。

「どうした？　大丈夫か？」

田崎の大声に応えるように、中から異様な金切り声が聞こえ始めた。確かにサルが泣き叫ぶような耳障りな音だ。だが、話として聞くのと、実際に聞くのとは大違いだ。僕は緊張感で心臓がぱくつき、意識が遠のきそうになった。

「島本君、本部に連絡して」

その声でふっと我に返った。田崎は一気に中に飛び込んだ。僕は外に留まったまま、咄嗟に無線機の通信ボタンを押した。

「こちら、島本チーム。教室棟の女子トイレで、一〇四号発生。至急、応援を頼む」

「何階の女子トイレですか？」

学生部の若い職員の声が聞こえた。田崎と違って、慣れていない感じで、声も幾分、上ずっている。僕も何階の女子トイレかを告げていないことに気づいていなかった。

「五階です。五階の女子トイレです」

僕もどもりながら繰り返した。そのとき、激しい悲鳴とうめき声が中から聞こえた。僕は田崎の顔を思い浮かべた。

僕は、中に飛び込むのを躊躇した。足がすくんでいたのだ。もう一度、意識を失いそうに感じた。どれほど時間が経ったのかも分からない。

不意を衝くように、扉の激しい開閉音の直後に、大きな黒い塊のような物体が飛び出してきた。黒ずくめの上下のジャージに目出し帽。それだけが、無声の記録映画の一場面のように、僕の目に映じた。

刃先が血に染まった出刃包丁のような凶器がきらりと光った。僕は息を呑んで、一、二歩よろけるように後退した。そいつは左手に持っていた黒い手提げ鞄を大きく振り回して、僕を威嚇した。

ほんの一瞬、僕たちは、にらみ合ったまま対峙した。目出し帽の中の目が僕に既視感を与えた。その眼差しを僕はどこかで見たような気がした。

僕のたじろぐ気配を察したように、黒い物体は疾風のように僕の目の前を通り過ぎ、あっというまに階段を駆け下りていった。

とても追いかける気力はなかった。それよりも、中にいるはずの田崎のことが心配だった。僕はようやく決心したように恐る恐る中に入った。

僕は全身を強張らせて立ち尽くした。悲鳴を上げることさえできなかった。トイレの床上に田崎が仰向けに倒れていた。辺りは血の海だ。

僕は田崎を凝視した。ほとんど陥没した左目から、若干黒く濁った血が流れ出ていた。まず、犯人は左目を狙って、凶器を突き刺したのだろう。だが、首からの出血のほうがもっと激しかった。

それもそのはずだった。首の左三分の一ほどが切断され、残りの骨と肉で胴体に繋がっているような状態だったのだ。裏の切断面の一部がイソギンチャクの触手のように、赤い醜塊（しゅうかい）となって覗いているのが不気味だった。

数分前まで話していた田崎の顔は消えていた。ひどく年老いた見知らぬ白髪の老人が無機質な顔を晒していた。微かにうめき声を上げていたが、それは人間の声というよりは、物理的な音にしか聞こえなかった。

「大丈夫ですか」と言いかかって、僕は声を呑み込んだ。さすがにそんな言葉が無意味なことに気が付いたのだ。口が動いているのはある種の慣性の法則で、田崎の意識がとっくの昔に飛んでいるのは明らかだった。

すぐに目をそらした。信じられなかった。あんな短時間に、これだけのことができるのは、人間業とは思えなかった。やはり、犯人は人間の姿をした動物かもしれない。先ほどの目出し帽が脳裏を掠め過ぎた。

血の海を跨ぐようにして、個室に向かった。半開きになっている個室から、はみ出すように崩れ落ちている若い女の姿が見えた。さらに近づくと、ミニの赤いワンピースを着た顔立ちの整った女が喉と左胸から激しく出血して、やはり仰向けに倒れていた。ただ、微かに呼吸はしている。僕は女を抱き起こし、声を掛けた。

「しっかりしろ」

僕の呼びかける声は空しく、静寂の中に吸い込まれるように消えた。僕は女から離れると、震える手でもう一度無線機の通信ボタンを押した。

「島本です。救急車をお願いします。それから、警察も。大変なことが起こりました。田崎さんの首が——」

僕は、そう言ったきり、声が出なくなった。極度な興奮と虚脱感を同時に感じるような、異様な精神状態だった。

「首が——首がどうかしたんですか？」

無線機から、学生部の職員の声が聞こえている。

(10)

僕は黒木に支えられるようにして、かろうじて、大学の正門に立っていた。パトカーを含む警察車両がけたたましいサイレン音を立てて、次から次へと到着している。

周囲の闇の中で、到着車両の赤色灯が異様に派手な輝きを見せていた。黒い上空では、報道陣と思われるヘリコプターが赤い光を明滅させながら飛んでいる。まさに悪夢を見ているようだった。

あのたくましく、判断力も優れた田崎が惨殺されたのだ。女子学生よりも僕には田崎の死のほうが衝撃的だった。僕の網膜には、未だに田崎の無残な姿が執拗に立ち返って来る。そして、その残像にきらりと光った凶器の刃先と振り回された黒い手提げ鞄がフラッシュバックのように重なるのだ。

あいつが手提げ鞄を左手で振り回したことは、確かだった。ということは、よく覚えていないけれど、凶器は右手で持っていたはずだ。犯人は右利きなのだと、僕はとりとめのないことを考えた。

正門では、警察と学生部による検問態勢が敷かれていた。正門以外で、出入りが可能な場所もすべて封鎖されているはずだ。

あれだけひどい殺傷を行った犯人は、当然、相当な返り血を浴びているはずである。広大なキャンパスのどこかで着替え、血の付いた服や凶器を鞄に入れて持ち出そうとする可能性を否定できなかったから、正門で持ち物のチェックをするのが一番有効だと警察は判断したのだろう。

直接検問を行うのは、学生部職員に限定されていた。警察関係者は、その後ろで見守るだけだった。やはり、大学内であることを警察も配慮しているのだ。

騒然とした雰囲気だった。上空のヘリコプターに加えて、マスコミ関係の車も到着し始めていた。既に夜の九時過ぎで、正門の門灯の光と学生部職員や制服警官の振りかざす懐中電灯の光が照らす場所以外は、濃い闇が浸潤し、正門前の畑で鳴く地虫の声が不気味な効果音を奏でていた。

僕がその正門に待機させられたのは、その夜、逃走する犯人を見た唯一の人間だったからだ。田崎の死亡は当然のように確認され、女子学生も救急車で搬送中、心肺停止状態に陥っていた。蘇生する可能性は、限りなくゼロに近いという。

僕はとりあえず、自力で教員控え室に戻り、警察から事情聴取を受けた。その事情聴取の中心にいたのが黒木だった。そして、黒木の提案で、学生部の職員ではない僕が検問態勢に加わることになったのだ。

僕は黒木と並んで、遠巻きにその異様な光景を見つめていた。そんな夜まで研究室に残っている教員が案外多いのにも、僕は驚いていた。ただ、誰を見てもピンと来る者などいなかった。犯人を見たと言っても、僕は黒い巨大な塊を見たに過ぎないのだ。

検問が始まって一時間くらいが経過した。黒木が僕の肘を突いた。

「あれ、高倉教授でしょ」

荷物検査の検問は、三個所に分かれて行われていたが、確かに一番右寄りの列に並んでいるのは、高倉である。順番が来ると、高倉はごく自然な態度で黒い鞄の中身を見せた。学生部の職員が恐縮しきった態度で頭を下げている。

「どう、犯人はあれくらいの身長じゃなかったの」

不意に黒木が言った。返事のしようがなかった。確かに、高倉も長身で、今日、僕が対峙した犯人も長身だった。だが、あんな瞬間的な接触では、高倉より高かったのか、低かったのかは僕には分からないのだ。

「よく分かりませんね。確かなことは、僕よりは遙かに長身だったということだけですから」

「年齢はどうかな?」

「それもよく分かりませんが、あんなに敏捷な動きができたんだから、年寄りではないですね」

「しかし、五十そこそこの人間でも、運動能力の高い人間はいるからね」

高倉は五十歳代のはずだ。黒木の目は、検問を受けたあと、バス停のほうに向かう高倉の背中を追っていた。

「高倉先生を疑っているんですか？」

僕はずけっと訊いた。黒木の言動にはイライラしていた。

「とんでもない。あんな有名な犯罪心理学者を疑うわけがないよ。ただ、身長の高さなんか、比較する基準があったほうが分かりやすいと思ってさ。高倉先生って、結構長身でしょ。だから、あなたが見た男が彼よりも背が高かったのかなと思っただけだよ。それにどう考えたって、あれだけの凶行に及んでいるんだから、返り血を相当に浴びてるはずだろ。だったら、逃走するためには着替える場所が必要でしょ。研究室として個室を持っているのは教員だけで、事務職の人間は持っていないんだろ」

それは僕自身が考えていることだった。不意に尾関のことが思い浮かんだ。尾関だって結構長身なのだ。

周りの風景が霞み始めた。ふっと顔を上げた。黒い空に、鈍い光を湛(たた)えた一群の星が見える。まるで暗黒星のようだった。

不意に全身から力が抜け、僕は地面にしゃがみ込むように崩れ落ちた。

「おい、しっかりしろ」

誰かの声が聞こえたように思った瞬間、すべてがブラックアウトした。

第三章　復讐

（1）

明け方からの激しい雨で、一瞬目を覚ました。蒲団に入ったまま上目遣いに外を見ると、大粒の雨滴が窓ガラスを激しく叩きつけている。

結局、蒲団から起き上がり、畳部屋の座卓に座って、コーヒーと共に、自分で作ったチョリソーと目玉焼きの朝食を摂ったのは、午前九時過ぎである。その日は平日だったが、午前中は休んでいいことになっていた。

昨晩、みんなの見ている前で、僕は膝から崩れ落ちたのだから、それはそれなりの衝撃があったのだろう。疲労による軽い目眩（めまい）に過ぎなかったが、状況が状況だっただけに、周囲の人間にはもう少し深刻な事態に見えたのだろう。

午後からは出勤する予定だったが、大学業務はほとんどできないはずだった。というのも、午後二時から大学内で警察から本格的な事情聴取を受けることになっていたのだ。

僕はふと思いついたように食事を中断し、外に出て一階の郵便受けから朝刊を持って来た。再び、座卓に座って、紙面を広げた。一面に大きな活字の見出しが躍っている。

琉北大学でまたもや殺人
女子学生と警戒中の職員が死亡

僕は重いため息を吐いた。これで被害者の人数は、田崎も含めると五人になるのだから、一面トップの扱いも当然だろう。

コーヒーカップを一口啜ると、本文をさっと読んだ。昨晩、僕自身が体験したことが客観的に書かれているのも妙なものだ。巡回中の事務職員が五階の女子トイレから聞こえてきた悲鳴を聞いて、中に飛び込み、刺殺された。確かに、その通りだった。

ただ、僕が体験した惨状は何も伝えられていない。死体については何の記述もないのだ。殺された女子学生は、三宅加奈で今回も文学部所属だという。僕は、その事実を新聞記事で初めて知った。昨日の段階では、氏名も所属学部もまだ判明していなかったのだ。

例のスクリーチについても言及されていた。それは事件直後に、僕が黒木に話した事柄の簡単な要約だった。しかし、昨日はとりあえずの聴取だったから、今日、本格的に聴かれることになっていた。

室内のインターホンが鳴った。立ち上がり、キッチンにある受信機の前で応答した。

「宅配便です」

僕は用心深く、スクリーンに映る業務服姿の男を確認した。

玄関に向かい、ゆっくりと扉を開ける。僕は配達の若い男から荷物を受け取り、配達伝票にサインした。

開封しながら畳部屋に戻った。書籍のような小包だった。差出人は鈴木次郎（すずきじろう）とある。嫌な予感がする。氏名が平凡すぎると感じたからだ。

小包を開けると、中から書籍が出てきた。『犯罪心理学入門』、著者は高倉教授だ。だが、高倉がそれを僕に送って来るはずがない。その書籍以外に、軽いブルーのビニール袋が入っていた。書籍をテーブルの上に置き、ビニール袋を開けた。

息を呑んだ。出てきたのは、女性の白い下着（パンティー）だった。数カ所に、血痕らしきものが付着している。

僕はかろうじて平静さを保ちながら、今度は素早く書籍のほうをチェックした。ぱらぱらとページをめくり、あるいは本を逆さまにして振ってみた。送り主からのメッセージを予想したのだ。

だが、何も発見できなかった。意味不明と言えば、意味不明だった。だが、一方では意味に満ちているとも言えた。

まず、下着に付着しているように見える血痕。当然、これが本当の血かどうか調べる必要があるだろう。これが、犯人が女子学生を殺害した際、持ち去った物だとしたら、真犯人が犯人であることを証明するために僕に送ってきたのか。だが、何故僕に送るのだ。訳が分からなかった。

それから、高倉の著作である『犯罪心理学入門』。それを僕に読めという意味なのか。あるいは、僕を介して、高倉に挑戦状を送ったつもりなのか。

得体の知れない不安が過ぎった。僕は否応なく事件に巻き込まれていく恐怖を感じた。僕は犯人に向かってこう言いたかった。俺を巻き込むのはやめろ。それにしても、お前は一体何者なんだ。

（2）

午後になっても雨は止まなかった。午後二時、僕は管理棟と呼ばれる建物の八階にある理事用の応接室で、黒木と寺内という刑事から事情を聴かれた。

寺内は、四十代後半に見えた。警視庁捜査一課の刑事だったから、黒木よりも立場は上なのだろう。

ただ、主として質問したのは黒木のほうで、寺内はたまに言葉を挟む程度だった。最初の内は、質問は事件そのもののことより僕に届いた迷惑な「品物」のことに集中していた。

「これが届いたのは、今日の午前中なわけですね」

黒木が下着の入ったビニール袋を手に取って眺めながら訊いた。

「ええ、そうです」

「消印は一昨日だから、これは昨日の事件よりも前に投函したことになるね」

僕は無言だった。自分の意見を述べる気もなかった。

「どういう意味だろう？　こんなものをあなたに送りつけてきたのは」

「分かりませんね」

「犯人からのメッセージとは考えられませんか」

不意に寺内がメモを取る手を止めて訊いた。金縁の眼鏡を掛けた穏やかな表情の男だが、語気は意外に鋭かった。

「さあ、僕自身何故こんな物を僕に送ってきたのかまったく見当がつかないんです」

僕は頑なに言った。寺内は無表情だったが、黒木は露骨に渋い表情をした。

「御園百合菜だけが、性行為の跡が見られ、しかも着衣の乱れがあった上に、身につけていたはずの下着が現場にはなかったんだよ。そして、今日、こんな下着があなたの自宅に送られてきた」

黒木はまるで考えるように、ここで言葉を止め、僕を凝視した。

「ひょっとして、この下着は、御園百合菜さんが殺されたときに身につけていたものだとおっしゃるんですか？」

僕は初めて自分から質問した。

「断定はできないよ。でも、もしそうだとしたら——」

「送り主は自分が犯人であることをアピールしていることになる」

僕は呟くように言った。

「そうだよな。だから、何故あなたに送ったのか、それなりの理由があるはずなんだ。そして、送り主はあなたの周辺にいる可能性が高くなってくる」

「いや、僕はやっぱり、高倉先生の著書が送られてきたことから考えて、犯人は高倉先生に俺を捕まえてみろとアピールしているんじゃないかという気がするんです」

「だったら、なんで高倉教授に直接送らなかったんでしょうかね」

寺内が、再び、言葉を挟んだ。

「深い理由はないと思います。ただ、学部の事務主任というポストは、学部内では実務の中心とみられていますから、僕に送れば当然、高倉先生に伝わると思ったのでしょう」

「それでしたら、送り主はそういう学内事情に精通した人物と言えるんじゃないでしょうか。普通、事務主任というのがどんな立場の人間なのか、外部の人には分からないのでは」

寺内が静かな口調で言った。寺内は黒木に比べて言葉遣いが丁寧な分、理詰めな印象で、僕は何となく手強さを感じていた。確かに、寺内の言う通りかもしれない。送り主は僕の大学、いや、もっと正確に言えば、僕が所属する文学部内にいる。何だかそんな気がしたのだ。だが、僕は無言で通した。

「島本さん、これはあくまでも冗談として聞いて欲しいんだけど、まさかこれをあなたが自分で自分に送ったってことはないでしょうね。話を複雑、かつ面白くしようと思ってね」

黒木がおどけた口調で言った。頭に血が上った。もともと癇に障る話し方をする男だったが、今日は度を超している。

「僕の狂言だと言いたいんですか。そんなに僕の言うことを信用しないなら、もう帰らしてもらいますよ」

僕は真剣な表情で言い放った。その上、実際に腰を浮かせて見せた。

「ごめん、ごめん。だから、冗談だって最初から言ってるじゃないですか」

黒木はわざとらしい笑顔を作って、阿るように言った。

僕は無言のまま、ふと窓外に視線を逸らした。相変わらず雨滴が窓を強く叩き、透明な飛沫を四散させていた。

（3）

僕は悶々としていた。天国から地獄へ突き落とされたような気分だ。

僕は既に唯とデートを五回重ねていた。しかし、六回目のデートがなかなか叶わなくなっていた。

唯に対する僕のイメージも徐々に変化していた。清楚で生真面目な清純派。それが意外にそうでもない印象になりつつあった。

まず服装だ。僕とデートするとき、唯はかなり露出度の高い服装でやって来た。少なくとも、僕が大学で見る唯の服装とはかけ離れていた。

いつも膝上二十センチくらいのミニスカートだったし、胸元が開き加減のブラウスやシャツを着ていることが多かった。その清楚な表情と大胆な服装のアンバランスが、僕には最高に刺激的だった。

だが、服装と同様、唯の態度も言葉遣いも変化していた。それだけ、親しみが出てきたと言えなくもないのだろう。しかし、唯はときに無神経とも思える言葉を平気で言って、僕を傷つけることがあった。五回目のデートは、贅沢にも銀座のイタリアンレストラン「サバティーニ」だったが、デザートが出された頃、唯はこんなことを言った。

「ねえ、島本さん。こんなこと言うと悪いんだけど、こんな贅沢な物、体に悪いでしょ。島本さんも、少し体重減らしたほうがいいわよ。イタリア料理は美味しいけどカロリー高いから」

唯が冗談のつもりだったのかどうかは分からない。ただ、僕が冗談として受け止めなかったのは確かだ。僕は若干、顔を引きつらせて、笑っていたに違いない。

容姿のことを言われるのがたまらなく嫌だった。身長が低く太りかげんなのは、明らかに父方の遺伝だ。父は脳溢血で死亡しているのだから、その点でも僕は自分の体重コントロールに注意しなければならないのは事実だった。

しかし、そんなことは人から言われなくたって分かりきっているのだ。唯が僕に対する親切心からそんなことを言ったとも思えなかった。

いや、今から考えると、むしろその発言は別れ際に唯が言った言葉の前哨戦として、故意に言ったとも考えられるのだ。

夜の九時過ぎ、僕たちは「サバティーニ」の入っているソニービルの外に出た。唯は外に出るなり、せかせかした口調で言った。

「島本さん、今日はごちそうさまでした。私、今から友達のマンションに行くことになっていますので、ここで失礼します」

唯はさらに追い打ちを掛けるように言葉を繋いだ。

「それから、私たち、会う頻度が少し多すぎますよね。大学の事件がまだ全然解決していないのに、こんな仕事とは関係のない食事会って、少し不謹慎かも。それに、こんなにしょっちゅう会ってると、会話もなくなっちゃうし。少し間隔を空けません？」

目の前が真っ暗になった。それは振られたも同じことだと解釈していた。しかし、つまらない見栄を働かせて、僕は掠れた声で応えた。

「そうだね。僕もこのところ、少し仕事が立て込んでいるし――」

「じゃあ、私、タクシーで行きますから」

唯は満面の笑顔で僕に手を振り、タクシー乗り場に向かった。僕は呆然と立ち尽くすばかりだった。

あれからほぼ二週間が経ち、今は既に十月の初旬だ。僕は、その間、約束通り連絡を取るのは控えた。たまに学内で唯の姿を見ることはあったが、僕たちは軽く目礼するだけだった。学内で見る唯は、別人のように地味な恰好をしていた。それでも、僕の心の中では唯に対する想いは募るばかりだ。

教職員による巡回は、相変わらず続いていた。外から見ていると、捜査はまったく進んでいないように見える。もちろん、捜査の進展具合が僕らに分かるわけではないのだが、噂話のレベルでも新情報を耳にすることはなかった。

僕はその日六時頃仕事を終え、いつも通り正門前からバスに乗って、ＪＲ日野駅まで行った。バスを降りた途端、誰かに肩を叩かれた。振り向くと、南雲が立っている。僕は露骨に不機嫌な表情をした。

「やあ、大丈夫か。この前、倒れたって言うじゃないか」

南雲は思ったほど険のない声で言った。僕が、黒木に言われて、大学正門で学生部職員が行う検問を見ていたときのことを言っているのだろう。

「ああ、たいしたことないよ。ちょっと目眩がしただけさ。疲労が原因だろうが――」

「そうだよな。お前も大変な立場だからな。おい、ちょっとその辺で飲まないか」

意外だった。もっとも飲みたくない相手だ。僕は、返事をせずに黙り込んだ。

「いや、この前は俺もお前に悪いことを言ったと思ってるんだ。それに田崎さんがあんなことになってしまって、どうも寝覚めが悪くてね。ちょっとでいいから付き合ってくれよ」

こう下手に出られると、断りづらかった。結局、僕らは駅近くの居酒屋へ入った。

「お前自身は、どう見ているんだ。田崎さんを除けば、死んだのはみんな文学部の女子学生だから、やっぱり文学部に属する誰かが関係していると思っているのか？」

ビールのジョッキが半分くらい空いたところで、南雲が訊いた。

「分からないよ。ただ、事件全体の感じは異常者による猟奇殺人に見えるのに、被害者の女子学生が全員文学部というのは、確かに何らかの人間関係が関係していると思わざるを得ないところが不思議なんだよ。最初の二件目までは、ただの偶然かもしれないと思えたけど、四人の女子学生が全員文学部というのは、やはりね——」

「そうだよな。だから、少し酔ったついでに言っちゃうけど、こんな仮説はどうだい。最初の御園百合菜殺しは、尾関教授がセクハラを訴えられた腹いせに殺した。あるいは、人間関係のもつれとか、性目的で殺したことも考えられるが、動機は何でもいいんだ。しかし、尾関教授は百合菜殺しを人間関係が原因ではないサイコパスの犯罪と思わせるために、あえて三人の女子学生を次々に殺した。いわば、それは最初の殺人の動機を隠蔽するための偽装殺人だった」

「それだって、残りの三人が全員文学部というのは説明が付かないでしょ」

「いや、だから結局、それは偶然だったのだよ。尾関教授にしてみれば、他の学部の学生のほうがよかったんだが、まさか殺す前に学部を訊くわけにもいかんだろ。しかし、この解釈もやっぱり少し無理があるよな」

そう言うと、南雲は大声で笑った。それから、残りのビールを一気に飲み干し、お代わりを注文した。

一時間も経つうちに、僕は南雲と飲むことに同意したことを後悔していた。南雲は、相当酒好きのようだったが、その割にはたいして強くなかった。二杯目の生ビールをほぼ飲み干した時点で、目がとろんとし、若干ではあるが呂律(ろれつ)も回りが悪くなっていた。

「ところで、島本、お前が柳瀬唯と付き合っているという噂があるが、それは本当なの？」

唯の名前が出た瞬間、僕はどきっとした。

「いや、付き合っているわけじゃないよ。仕事上の連絡を取り合うために、食事くらい一緒にすることはあるけど——」

「そうか。それならいいけどさ」

南雲は疑わしそうな目つきで、皮肉な笑みを浮かべた。その笑みはお前が唯の恋人になれるわけがないだろと言っているようにも見えた。

「彼女、あんな清純そうな美人なのに、見かけと違っていろいろとよくない噂があるんだ。男づきあいが多く、相当なプレーガールって言うぜ。しかも、金がらみのことが多いって言うから、すごいよな」

「金がらみ？」

僕は思わず南雲の言葉に反応した。少し思い当たる節があったのだ。

「ああ、金のありそうなちょっと年上に取り入って、金を借りて踏み倒すって話さえあるらしいぜ。もっとも、それほど高額な金じゃないから、相手もまさか踏み倒しとは思わず、ただ借りたことを忘れているだけだと考えて、結局、そのままになっちゃうことが多いらしいけど。ああいう清純派の美人は得だね」

実は、僕は二回ほど唯に金を貸したことがあった。確かに、たいした金ではない。一度は、夜一緒に帰るとき、財布を自宅に忘れてきたと言うものだから、僕はタクシー代として一万円を貸した。彼女は二千円程度で十分だと言ったが、僕の財布には千円札がなかったから一万円を貸したのだ。

それ以外に、二万円を貸したこともあった。給料日の三日前で、唯が笑いながら「あと千円しか残っていないの」と言ったときだ。どちらかと言うと、僕のほうから申し出た感じだったが、今から思うと、彼女がそう誘導したような印象も拭い切れなかった。いずれにせよ、その合計三万円の金は僕には戻っていない。

「それにな、これはとっておきの秘密だけどさ」

そう言うと、南雲は体を前傾させ、酔いの回った据わった目付きで僕を見つめた。

「一部の男性の間で彼女に付けられているあだ名を知ってるか？『ヤナセさん』じゃなくて『ヤラセさん』って言われてるそうだよ。割と簡単に体を開くらしいぜ。特に金持ってそうな男にはね」

僕は呆然としていた。唯のイメージが根本的に崩れ始めた。

僕はさも汚らわしいことを聞いたと言わんばかりの表情で、既に酔いが全身に回ったように見える南雲をにらみ据えた。ただ、彼の言ったことをまったく信じていないわけではなかった。

（4）

秋の気配が立ちこめていた。巡回に対する僕の負担も随分軽くなった。大学上層部の意向をひどく気にする野田が、等分の負担を負い始めたのだ。どうやら、あまりにも負担が僕に偏りすぎていることを学務担当理事から指摘されたらしい。

野田は、希美にも積極的な参加を促したので、希美の参加回数も自ずと増えていた。それに、落合学部長の強い要請もあって、以前よりは多くの教員が参加し始めていた。

僕は週二回程度の負担で済むようになった。しかし、巡回の軽減によってできた時間は、遅れている事務作業の埋め合わせに使われたから、結局、僕にとっては同じことだった。

十月三十日（金）。少しだけ仕事を延長して、午後七時頃、帰り支度をしているとき、携帯が鳴った。

「はい、島本です」

僕は浮かぬ声で応答した。

「あっ、島本さん。柳瀬です」

唯の明るい声が聞こえた。意表を衝かれた。あれ以来、唯には未だに連絡を取っていなかった。いったん萎縮した僕の心は、簡単には元の状態には戻らなかった。

「ああ、どうも」

僕は動揺を隠しきれず、幾分、上ずった声で応えた。

「島本さん、今日、これから時間あるかしら？」

「ないことはないけど」

僕は自分の期待を何とか覆い隠しながら、曖昧な返事をした。

「私、今、六本木でお友達に会ってるんです。今日は、珍しく学生部の仕事が五時に終わったものですから。でも、そのお友達も八時から、別の用があるそうだから、遅くてもよければ島本さんにお会いしようと思って――」

不思議な呼び出しだと思った。同時に無礼な呼び出しとも言えた。まるで空いた、使い勝手の悪い時間を僕に割り当てたみたいだった。それでも、僕は断ることはできなかった。

「でも、まだ、大学にいるから、六本木に八時は苦しいな」

「じゃあ、八時半、『アマンド』でどうかしら。一階で待ってます」

「分かりました」

僕の返事の語尾が聞こえるか聞こえないくらいのタイミングで電話が切れた。手放しで喜べる状態でないのは分かっている。僕は、当然、南雲から聞いた、唯に関するよくない噂を意識していた。だが、僕には選択の余地がないのだ。

唯から思いもよらない電話が掛かった以上、その後の結果など考えずに、会うしかない心境になっていた。僕は手早く自分のデスクの回りを片付けると、事務室をあとにした。

地下鉄を降りる。僕は駅の階段を駆け上がった。「アマンド」は、不動産表示ならほとんど徒歩ゼロ分と言っていい場所にある。

外から、透明の窓ガラスの中を覗き込んだ。奥のほうでスマホを触っている唯の姿が見えた。

中に入ると、僕に気づいた唯が笑顔で手を振った。まるで、待ち合わせの恋人を見つけたような反応だった。僕は唯の前席に座った。

「ごめんなさい。三十分前に着いたから、もう飲み物、頼んじゃいました」

確かに、唯の前には半分ほどになったアイスカフェオレが置かれている。僕は笑おうとしたが、何故か顔が引きつり笑顔が出て来ない。

「ごめんなさい。急に電話したりして。でも、何となく島本さんに会いたくなっちゃった」

唯の言葉に心が綻(ほころ)んだ。それから、少し余裕ができて、唯の姿をしっかり見ることができた。その日は黒のツーピースに薄いピンクのブラウス姿だった。大学から直接来たのか、比較的落ち着いた服装だった。首には品のいいゴールドのネックレスをつけている。

「いや、僕もそろそろ会いたいと思ってたから、ちょうどいいタイミングだったんだ」

僕がそう言った瞬間、ウェイターが近づいてきたので、僕はコーヒーを注文した。

「島本さん、食事は？」

唯が訊いた。僕はそれを食事をしようという催促と受け止めた。

「いやまだだよ。柳瀬さんと一緒に食べようと思っていたから。六本木でいい店を知ってるんだ」

「ごめんなさい。私、もう友達と食べちゃったの。こんな時間だから、島本さんはもう食事摂ってると思って」

落胆した。だったら、紛らわしい質問をするな。僕は心の中で叫んだ。

「ああ、そうだったんですか。じゃあ、いいです。僕もそんなにはお腹空いてないから」

僕はわざとらしく言った。実際は、かなり空腹だった。しばらく、居心地の悪い沈黙が支配した。

「ねえ、例の事件、何か情報があります？」

唯が急に声を潜めて訊いた。それは僕には助け船だった。ぎこちない会話より、事件の話のほうがよほど落ち着く気がした。ただ、僕に送られてきた例の「品物」については、誰にも言わないように警察から口止めされていたから、唯にも言うわけにはいかなかった。マスコミも、あのことについては、まったく気づいていない。

「それが何も情報がないんです。田崎さんと女子学生が殺されたのが、先月の二十九日だから、あれからおよそ一ヶ月経ってるわけでしょ。でも、警察の捜査状況も分からないし、かと言って、新しい事件も起きない。何しろ、学内は厳戒態勢だからな」

「それはそうと、島本さん、尾関教授のこと知ってますか？」

唯が、若干、唐突に訊いた。

「いや、尾関教授がどうかしたの？」

実際、僕は近頃は唯のことで頭が一杯で、尾関のことなどにあまり関心がなかった。

「あの先生、最近ひどくおかしいんですよ。授業がある日も、昼間からお酒を飲んでいて、キャンパスのそこら中を歩き回っているので、学生や職員の間で評判になってるんです。時々、真っ赤な顔をして授業にも行くらしいから、学生もびっくりしちゃって。学生相談室にそんなことを言いに来る学生もいるの。そのうちに、文学部の事務にも学生から抗議がいくかもしれないですね」

あり得ることだと僕も思った。しかし、今のところ、僕はそんな話は聞いていなかった。

「でも、あの先生、正直言って、学生や職員からは評判が悪いことは確かだけど、昼間から酒を飲んでるなんて話は初めてだね。これまであの先生について学生から来るクレームのほとんどが、威張っているとか、怒鳴られたとか、あるいはセクハラ関連のことだからね。酔っ払って自分を失うなんてあの先生らしくないな」

「だから、一部で言われていることは——」

唯は言いかかって、周辺に素早く視線を投げた。店は適度に混んでいて、普通の声で喋れば周りに聞こえるのは明らかだった。

「罪の意識に耐えかねてそうなっちゃったってこと」

僕はさらりと言った。こう言えば、仮に周りに聞こえても、内容は分からないだろうと思ったのだ。

唯は曖昧に頷いた。だが、僕には何かピンと来ない。僕は相変わらず、尾関が一連の殺人事件の犯人である可能性は低いと考えていた。

「警察も尾関先生の行動をマークしているようで、キャンパス内でも尾行が付いているって説があるみたいなんです」

不意に唯の携帯が鳴った。「ごめんなさい」と言いながら、唯は立ち上がり、携帯を耳に当てたまま、外に出ていった。唯と入れ替わるように、ウェイターがコーヒーを運んで来た。僕は、空きっ腹にコーヒーを流し込んだ。

すぐに唯が戻って来た。僕の顔を見ると、席に座らずにいかにもせかせかした口調で言った。

「島本さん、困ったことになっちゃった。さっきお話しした友人が財布なくしちゃったらしいの。その人、地方の人で、今日は都内のホテルに泊まることになってるんだけど、ホテル代が払えないって困り果ててるんです。私、行ってあげるって返事したんだけど、お金、あんまり持ってないんです。ホテル代は二万円ちょっとらしいんだけど、島本さん、それくらいのお金持ってる?」

いかにも怪しげな話だった。僕だって、そんな嘘が見抜けないほど馬鹿じゃない。しかし、理屈と感情は別物だった。僕はやはり唯との繋がりを切りたくなかった。その繋がりが借金だって構わないのだ。

僕はズボンから茶色の財布を取り出し、中身を調べた。四万五千円程度入っている。僕は一万円札三枚を抜き取って差し出した。

「念のため、三万円貸してあげたほうがいいんじゃない」

僕はあくまでも唯の言うことを信じている振りをした。だが、心の中で呟いていた。これで、今までのと合わせると六万円だぞ。借用証書のない借金だが。

僕はこのとき既に唯が僕を呼び出した理由が分かっていた。要するに、金が必要だったのだ。そこで、友人という虚構を作り出したのではないか。

「島本さん、本当にありがとう。私、これからお金届けてあげなくてはいけないから、悪いんだけどここで失礼させてもらいます。また、ゆっくり話しましょ」

唯は、紙幣を自分のバッグに仕舞いながら言った。僕は、憎しみと哀れみの両方の感情が湧き上がるのを抑えることができなかった。もしこれが唯の作り話だとしたら、病的なものを感じないわけにはいかなかった。

僕は、唯をタクシー乗り場まで送っていった。腹を括っていた。とことん騙(だま)された振りをしてやろうと思っていたのだ。

唯がタクシーに乗る寸前、僕はさりげなさを装って訊いた。

「友達って、女性なの」

「そうよ、新宮に住んでる娘で、今、東京に出て来ているの」

いかにも自然な答え方だった。

「じゃあ、島本さん、今日はありがとう」

唯はタクシーに乗り込みながら、にこやかに手を振った。その一瞬、短めのスカートが捲れ上がり、唯の太股が覗いた。再び、あの刺激が僕の脳髄を痺れさせた。

（5）

その日は、中橋と希美が巡回当番だった。それが嬉しいのか、希美は午前中からはしゃぎまくっている。

「巡回って、慣れてくると結構面白くない？　夜の八時ギリギリまで、大学に残っている学生も多いのよね。男子学生なら分かるけど、女子学生も多いものね。怖くないのかしら。自分がターゲットになる可能性だってあるんでしょ」

「そういう加納さんは怖くないんですか？　私はそういうの全然駄目なんです」

普段はあまり雑談に加わろうとしない妙子が珍しく発言した。

「初めは気持ち悪かったけど、今ではそうでもないです。それに私は絶対に襲われないの分かってるから」

「どうしてですか？」

中橋が訊いた。

「だって、殺された女子学生たち、みんなきれいな娘ばっかりでしょ。私はブスだから」

中橋は当惑した表情で黙り込んだ。

「何よ！　中橋君、『そんなことありませんよ』くらい、言ってくれてもいいでしょ」

「ええ——、だから——、そんなことありませんよ」

中橋はどもりながら言った。

「遅いの！」

希美が叱りつけるように言った。室内にどっと笑い声が起こった。妙子も中橋も、僕も、それに希美自身も笑っている。他の学部の職員も笑っていたから、会話の内容は少し離れた位置にいる人々にも聞こえていたのだろう。久しぶりで起こった笑いだった。事件のためにみんなが暗くなっているとき、希美はコミック・リリーフとしていかにも望ましい存在だった。

それにしても、確かに希美の言う通り、殺された女子学生は写真で見る限り、みんな目立つ美しい女性だった。そして、僕の印象ではある共通点があるように思えた。どちらかと言うと、みんな今風で、派手な顔立ちなのだ。唯のように、一見地味だが、よく見るときりっと整っていて、知的にも見えるような顔ではない。

そんなことを考えていたら、野田が手招きしているのに気づいた。僕は立ち上がり、課長席に向かった。

「島本君、高倉先生には例の件で挨拶してあるかね」

野田がいきなり言った。意味が分からなかった。

「ほら、御園百合菜が後期から、ゼミを移籍する話だよ」

「でも、彼女は亡くなったんですから、その話は自然消滅に――」

「そうもいかんよ。やっぱり、事務サイドとしてそういうことを君が頼みに行ったのだから、君がきちんとその話はなくなったことをあの先生に伝えたほうがいいよ」

野田の形式主義にあきれかえった。もはや後期も始まり、十一月に入っている。しかも百合菜は死んでいるのだ。

「そうですか」

ただ、僕はそんな馬鹿馬鹿しい話にも正面切って抗(あらが)う気力も湧いてこず、どっちつかずの返事をした。

「ああいう有名な先生は丁重に扱わないとね。内の大学の看板教授なんだから」

「じゃあ、午後にでも研究室に挨拶に行ってきます。あの先生、確か今日は三時限目に講義科目があるから、三時過ぎには捕まるはずです」

僕の言葉に野田は満足そうに頷いた。それに僕のほうにもちょっとした思惑があった。高倉と事件のことを話したいと思っていたのだ。特に僕のところに届いた例の「品物」を高倉が知っているのかどうか、また知っているとすれば、どう解釈するのか興味があった。

（6）

僕はあらかじめ高倉の研究室に電話を掛け、在室を確認してから出かけた。

「もうお帰りになるんじゃなかったですか？」

僕は研究室に入るなり、訊いた。その日、高倉は三時限目の講義科目しかなかったから、授業終了後はすぐに帰宅するつもりかもしれないと思ったのだ。

「いや、今日はもう少し部屋で仕事をしていくつもりですから、大丈夫です」

高倉は、穏やかな笑顔を浮かべて言った。僕らは以前と同様にソファーに対座して話した。

「御園百合菜さんのゼミ移籍については、先生に相談させていただき、大変お世話になりました。しかし、ご存じのように彼女は亡くなってしまったわけですから、それも意味がなくなってしまいました」

僕がそう言うと、高倉は無言で軽く頷いただけだった。僕は困ってしまった。それで本来、終わりになる話なのだ。

「ところで、先生、僕の家に送られてきた奇妙な『品物』のことを警察の方からお聞きになったでしょうか？」

「ああ、そのことなら、黒木刑事から聞きました」

高倉は、あっさりと応えた。

「当然、黒木さんは先生のご意見を尋ねたでしょうね」

「ええ、色々と聞かれました。何故私の本なのか、警察は当然、気になるでしょうね」

「僕は逆に、送り主は何故そんなものを僕に送ってきたのか、理由を訊かれて本当に困ってしまいました。僕にその理由が分かるはずがないのですから――」

「あなたも飛んだとばっちりでしたね。お気の毒なことです」

高倉は、そう言うと、苦笑を浮かべたように見えた。

「それで、先生は何とお応えになったのでしょうか？」

「まあ、私の本を送ったからには、私の存在を意識していたということでしょうね。そしてたぶん、それを送った人間は、私に対して俺が誰だか分かるかと挑発しているとも解釈できますね」

「普通に考えればそうでしょう。でも、それは送り主が犯人だという前提がなり立っている場合に限って言えることですよね」

「その通りです。そして、送り主が犯人である可能性は高まったわけです」

僕は怪訝（けげん）な表情をしたに違いない。高倉の言うことが今一つ呑み込めなかったのだ。その表情を読み取ったように、高倉が付け加えるように訊いた。

「DNA鑑定の結果、下着に付着していた血液は、御園さんのものと判明したということはご存じですね？」

僕はそんな話は知らされていなかった。なにしろ、黒木らは僕が提出した「品物」を受け取ったきり、なしのつぶてなのだ。

「いいえ、知りませんでした。誰にお聞きになったのですか？」

「黒木さんです。あなたに送られてきた物なのですから、当然、そのことはあなたにも伝えられていると思っていたのですが——」

不安になった。黒木が高倉にはそのことを伝え、僕には伝えなかったということは、やはり僕に対して何か疑いを持っているということなのか。しかし、僕は極力動揺は抑えて、次の質問に移った。

「となると、犯人はよほど自己顕示欲の強い人間なのでしょうか？」

「そうとも言えますが、穿（うが）った見方をすれば、犯人はSOSを送っているとも考えられます」

「どういう意味でしょう？」

「やはり、苦しいのですよ。人を殺すことが快楽になっていると同時に、それ相応の苦しみが伴うのも当然なのです。だから、犯人は自分が犯人であることを示す物証を送りつけてきたのです。そんな物を送りつけて来るのは、逮捕を逃れるという視点で見れば、百害あって一利なしでしょ。それなのに、そんなことをしたのは、早く逮捕してくれというシグナルとも受け取ることができます」

そう言うと、高倉は僕の目をじっと覗き込むようにした。僕は何だか、自分自身がその犯人だと言われている気がして、思わず視線を逸らした。それから、こう訊いてみた。

「ところで、犯人は僕たちの知り得る範囲にいる人間なのでしょうか。僕の住所に物証と共に先生の御著書を送りつけてきたからと言って、その人間が僕たちの身近にいる人間と単純に考えていいものでしょうか？」

高倉は僕が尾関のことを仄めかしていると解釈する可能性があると思った。しかし、僕自身は依然として、どう考えても尾関が犯人だとは思えなかった。

「それは私にも分かりません。ただ、言えることは、これは被害者は誰でもいいというような、当節流行(はやり)の無差別殺人ではないということです。加害者と被害者の間には、人間的繫がりがあるように、私は感じています」

そうだとすれば、教授と学生という意味で、高倉も被害者たちと人間的繋がりがあってもおかしくない。妄想が、再び巡り始めた。

（7）

僕の恋は終わった。

唯に対する恋情は消え、強い憎しみだけが残った。いったん刺激された僕の生理は、不意に噴火を開始した休火山のように、どろどろとした復讐のマグマを吐き出し始めていた。

六本木で会ったあと、僕は三度唯の携帯に電話を掛けてデートを申し入れた。だが、ことごとく断られた。四度目の電話で、焦っていた僕はついに唯に貸した総計六万円の借金の話を持ち出し、それを返してもらうことを口実に唯に会おうとした。これが唯の怒りに触れたのだ。

「いいわよ。お返しします。でも、直接会う必要もないでしょ。銀行の口座番号を教えてください。そこに振り込みますから」

唯がこれほど尖った声でストレートに物を言うのも初めてだった。ここで僕は一気に弱気になった。実際、僕にとって六万円などどうでもよかった。僕はただ、唯に会う口実がった。

欲しくて借金のことを持ち出しただけなのだ。僕は、すっかり意気消沈した口調でこう言った。

「いや、やっぱりいいよ。お金が問題じゃないんだ。ただ、もう一度だけ会いたいんだよ。こんな気まずい雰囲気で君と別れることが耐えられないんだ」

「私と別れる？　島本さん、何か勘違いしてるんじゃないの。その言い方って、私と島本さんがまるで恋人みたいな言い方じゃないですか。はっきり言いますけど、私、昔から付き合ってるカレシがいるんですよ。そんな言い方されると、私、自分のカレシの手前、本当に困るんです。私と島本さん、手を繋いだこともないんですよ。食事をしながら、仕事のことを話しただけじゃないですか」

受話器の向こうに唯の声を聞きながら、僕は心の中でそれは違うと思った。僕と唯がまるでデートのように食事を共にしたのは、最初は仕事上の話がきっかけだったとしても、必ずしもそれだけではなかったはずだ。

しかし、僕は唯が近づいてきた動機がよく分からなかった。金銭が目的だったと考えるには、六万円はちっぽけな金額に過ぎる。結局、唯の気まぐれだったとしか思えなかった。実際、一定の期間付き合って見て分かったことは、その容姿とは裏腹に、唯がかなり感情の起伏の激しい人間だということだった。

「本当にいいんですか。六万円返さなくて」

唯が訊いた。返したくないという気持ちがありありと表れているような声色だった。

「ああ、構わないよ。それに君に電話を掛けることももうしない。短い間だったけど、楽しかったよ」

僕はこう言うと、唯の返事を待たず電話を切った。これも作戦のつもりだった。そう言えば、唯は同情はしないまでも、少しやり過ぎたことを意識して、後日、再び僕に連絡を取ってくることを期待していたのだ。

たぶん、僕は甘かったのだろう。あれからほぼ半月が経ち、すでにコートが必要な季節となっている。だが、唯からの連絡は一切なかった。

僕はすっかり元気を失い、生ける屍（しかばね）のような状態だった。学内で起こった連続殺人事件も相変わらず解決されていなかったが、僕はそんなこともどうでもいい気分だった。尾関だろうが、高倉だろうが、犯人は誰かということにもまるで関心がなくなっていたのだ。

僕の無気力状態は、希美や中橋にも分かるほどひどいものだった。希美など、「主任、どこか体が悪いんじゃないですか？　この頃、全然元気がないですよ」と何度も言ったが、僕はろくに返事もせずに、首を横に振るだけだった。

確かにこんな気分のときは、希美の存在は煩わしかった。だが、僕が本当に息苦しく感じていたのは、僕の隣に座る中橋のほうだ。もちろん、中橋に罪がないのは分かっている。ただ、中橋の全身から滲み出る華やかなオーラは、僕のような惨めな状態にある人間には耐えがたいのだ。

蝶を惹きつける花の甘い蜜の香りも、その花に対するアレルギーを持つ人間にとっては、毒薬であるのと同じだった。

神は不公平だった。いや、悪意さえ感じた。中橋に与えた容姿の万分の一でも、何故僕に与えようとしないのか。

中橋がいい奴なのは分かっていた。それでも僕は唯とうまく行かなくなって以来、八つ当たりのように業務上のことで中橋に強い口調で文句を言うようになった。中橋は、僕の豹変(ひょうへん)の意味が分からず、ただ、当惑の表情を浮かべるばかりだ。

その結果、文学部事務部の雰囲気は最悪となり、笑い声などまったく聞こえない状態だった。

その日は、十一月二十日の金曜日だった。昼休み、僕は一人で大学の外にある喫茶店でコーヒーとサンドイッチの昼食を摂った。大学から少し離れた位置にある場所だったから、あまり大学関係者はおらず、他人(ひと)と口を利きたくない僕にはちょうどよかった。

しかし、一時間の昼休みなどすぐに終わってしまう。それに喫茶店で一人いたところで、手持ちぶさたで何もやることがないのだ。僕は結局、そこには三十分程度いただけで、大学に引き返した。

セキュリティーは強化されていて、正門では警備員に身分証明書を呈示する。だが、無気力の極致にある僕は、それをめんどくさいとも感じなかった。

　昼休みの間、大学事務部の受付にはシャッターが下ろされ、外からは見えなくなる。文学部は、社会学部と経済学部と相部屋だったが、どの学部も昼休みでも一人くらいの職員が残っているのが普通だった。ローテーションを組んで残る人間を決めているところもあるが、文学部の場合、たいてい残るのは柴田妙子だった。妙子はいつも昼食持参だったから、外に出る必要がないのだ。

　僕が事務室に戻ったとき、社会学部と経済学部の席は完全に空っぽだった。三つある課長席にも誰もいない。たまに、そういうことが起こるのだ。一人くらい残っていると言っても、その人物がトイレに立つこともあるし、何かの用で席を外すこともある。

　要するに、その大部屋に残っていたのは妙子だけだった。妙子は、僕が戻って来たことに気づいていないようで、僕に背中を向けてしきりに何かしている。不意に、得体の知れない嫌な衝撃が胸底から突き上げてきた。

　唖然とした。妙子は、希美の机の上に置かれた赤いバッグから財布を抜き出し、その中身を探っていたのだ。

　ようやく人の気配を感じたように、妙子が振り向いた。僕の顔を見て、顔面蒼白になった。

「柴田さん！」

僕はそう言ったきり絶句した。その一瞬、希美と中橋の声がシャッターの外で聞こえた。妙子が哀願するように僕の顔を見た。その目には涙が浮かんでいる。僕は小さく頷いた。妙子は財布を赤いバッグに戻した。

希美と中橋が中に入ってきた。二人で、ファカルティークラブで食事をしてきたらしい。

「ああ、やっぱり、バッグ、机の上に置きっぱなしだったわ。財布忘れるなんて最低。中橋君、さっき借りたお金返すわ。八百円だったわね」

希美の言葉で、状況がすぐに把握できた。希美は中橋と昼食に行くとき、財布の入ったバッグを机の上に置き忘れていったのだ。

僕は俯いている妙子の表情を見つめた。罪の意識が、露骨に表れているように見えた。だが、希美はそんなことに気づいた様子はなく、バッグから取り出した財布から、中橋に借りた金を返しながら、どうでもいい軽口を叩いていた。

（8）

妙子の事件は、小さな事件だった。僕は、あの場面は忘れることに決めた。妙子がそういうことの常習犯とは思えない。偶発性の強い出来事だと思っていた。

妙子はあのあと、誰もいないところで僕に近づいてきた。きっと言い訳がしたかったのだろう。しかし、僕は小声で言った。

「柴田さん、もういいです。あのことは忘れます。一度だけのことだったんでしょ」

妙子の目からどっと涙が溢れ出た。それから大きく頷いた。

妙子が何故あんなことをしたのか、興味もなかった。ただの出来心か、本当に金に困っていたのか、あるいは心の病なのか。どれが理由だとしても、悪質性はほとんどないのだ。

僕は唯のおかげで、善悪の価値基準がおかしくなり始めていたのかもしれない。唯が僕から奪った六万円のことが頭にあった。唯は、まったく正当な理由もなく、僕の心の弱みにつけ込んで、あの金を詐欺師のように奪い取ったのだ。

ひょっとしたら、僕は妙子の行為を目撃したことをきっかけにして、絶望から次のステージへ移行し始めたのだろうか。復讐という二文字が浮かんでいた。

唯のこととはまったく無関係に見えた妙子の行為がこういう奇妙な影響を僕の心に与えたのは意外だった。唯の生活をメチャクチャにしてやりたかった。

僕は同時に、事務室で暗く振る舞うのはやめた。南雲から聞いた僕と唯に関する噂話のことを考えた。僕がひどく落ち込んでいることが広まれば、僕が唯に振られたのだという噂が立ち、復讐行為に支障を来すこともあり得るのだ。

妙子の事件があった翌週から、僕が急に元気になったため、みんな驚いているようだった。僕は隣に座る中橋に明るい表情でこう言った。

「実は、健康診断で胃のレントゲンで引っかかっていたんだ。でも、内視鏡検査でどこも悪くないことが分かってね」

「そうだったんですか。でも、主任、よかったですね。どこも悪くなくて」

中橋もほっとしたように久しぶりの笑顔で応えた。これで僕に対してつまらない気遣いをする必要がなくなったと思ったのだろう。

僕は自分の所属部署で正常な状態を取り戻すと、次に南雲に接触した。唯に関する情報収集が必要だった。

僕は、唯の言動から想像して、何かもう少し秘密めいたことに関わっているのではないかという勘が働いていた。成果は予想以上だった。僕は嫌いな南雲と再び呑み、思わぬ未確認情報を訊き出したのだ。

「彼女、週一くらいで六本木のキャバクラで夜の九時くらいからアルバイトホステスをしているという噂があるぜ。もちろん、本当だとすれば完全に就業規則違反だけどね。どこかの部署の事務職員たちが夏のボーナスが出たとき、みんなで六本木の高級キャバクラに行ったそうだ。そのとき、そこで彼女の姿を見たという奴がいたというんだ。彼女、パンツが見えそうなもの凄いミニスカート穿いていたっていうぜ」

僕は、南雲からそのキャバクラの名前も聞き出していた。

「確か、『舞園（まいぞの）』っていう名前だったかな。もちろん俺は行ったわけじゃないから、この店名も当てにならないぜ。それに所詮、噂話だからな」

僕は、南雲から、他の部署に比べて激職の学生部の職員が週一回だけ、定時の五時に帰ることができる日を決めているという情報も聞いていた。僕は前回、唯に呼び出されたときに仕事が五時に終わったという言葉を聞いていたから、それが金曜日である可能性が高いと判断していた。

しかし、唯が五時に帰る日が何曜日かは、南雲には訊かなかった。僕の意図を見抜かれるのを恐れていたのだ。それより、直接「舞園」に行ってみたほうが早いだろう。僕は客として僕を見たときの唯の狼狽ぶりを想像して、ほくそ笑んだ。

（9）

僕が「舞園」に入ったのは、夜の九時過ぎだった。室内に入った瞬間、かなりの高級店なのは分かった。

店内は照明が暗く、ソファーも焦げ茶色でシックな落ち着いた雰囲気である。席に着くために店内を歩いているホステスは、ほとんどが極端なミニスカートか、裾の切れ上がったショートパンツを穿いている。見たところ、年齢は二十代の前半くらいに見える娘が多く、二十六歳の唯がこの中に混ざっていたとしたら、かなり年上の印象を受けるだろう。

ただ、店内にいるホステスの数はそんなに多くはない。店のシステムを説明した黒服の話では、金曜日のその日は同伴日だったから、まだ店内に入っていないホステスも多いという。ちょうど九時頃が同伴出勤の時間帯で、かなりの数のホステスが客と一緒に店内に入ってくる姿が認められた。料金の高い高級店だったから、客は中年が多く、若い人は少ないようだった。

ボトル料金は別で、一時間で一万五千円だった。三十分延長する度に、八千円ずつ加算されていく。それに加えて、一番安いウイスキーを入れたとしても、ボトル代として一万二千円掛かるから、二時間くらいいるだけで、最低に見積もっても四万円少しの料金が掛かるだろう。

いや、さらにホステスに飲ませる飲み物は別料金だから、結局、五万円近くになることもあり得るだろう。確かに普通の給料取りでは、ボーナスが出たときくらいしか行けない店である。

黒服に指名を訊かれたが、僕は正直に初めて来たと応えた。黒服は、適当にホステスを付けるから、気に入った娘がいたら「場内指名」することを勧めた。あるいは、店内で偶然見たホステスを黒服に告げても構わないという。

僕は曖昧に頷きながら、店内を行き交うホステスの動きをせわしない目線で追っていた。唯らしき姿は目に入らない。

僕は、ボトルは最低料金のシーバスリーガルを入れ、ボトルに付ける名札にはフルネームの本名を書いた。そういう場所では下手に偽名など使わないほうがいいという判断が働いていた。

やって来るホステスは正味で十分くらい座るだけで、次々に交代する。まさに顔見せという感じでみんな名刺を置いていくのだが、既に途中から名刺の名前と顔が一致しなくなり始めていた。

それにしても、女の娘の水準は高い店だ。やって来るホステスは、ことごとく美しかった。単に顔立ちが整っているだけでなく、長身でスタイルも抜群にいい。この中に入れば、唯もまったく目立たないだろうと、僕は意地悪な気持ちで考えた。

ほとんどのホステスが昼間の職業を持っていた。モデルやタレントのたまごもいるが、企業の受付嬢、ＯＬ、看護師、中には有名大学の学生もいる。

僕は席に着くホステスすべてに唯のことを尋ねた。もちろん、唯が本名を使っているはずはないだろう。かと言って、唯の源氏名も知らないから、遠回しに容姿や慶應の卒業生だと言うことを説明し、探りを入れるしかなかった。

そうこうするうちにすぐに一時間くらいが経ってしまった。唯について、めぼしい情報はない。店側の作戦も目に見えていた。客をなるべく長く店内に残したいのは当然だろう。ホステスを短時間でめまぐるしく交代させて、僕があとで「場内指名」をするのを期待しているようだった。

僕はぼんやりと店内の様子を眺めた。ホステスの交代に時間が掛かっていた。時刻は十時過ぎで、店内は混雑し始めている。ボックス席もあらかた埋まっていた。あちこちで乾杯の声やホステスの嬌声が聞こえている。

そのうちにふと、あることに気づいた。店内の隅のほうで、ホステスが二人くらい立っているのだ。その奥にホステスが待機する部屋があるようだったが、その二人を見ていると、まるで指名の掛からないホステスをそこに懲罰で立たせているような錯覚が生じそうだった。

実際は、すぐに交代できるように黒服の指示を待っているだけかもしれなかったが、その二人が立っている時間もかなり長いのだ。やがて、二人のホステスも席に着き、別のホステスがまたその同じ位置に立つことになる。

不意に心臓の鼓動が激しく打ち始めた。超ミニの真っ白なワンピース姿の女が目に入ったのだ。唯に似ている。僕は視力がよくない。目を細めて見たが、確認できなかった。

その白のワンピースが黒服の先導でこちらのほうに歩き始めた。どこかの席に着くのだろう。僕の席なのか。期待と不安が交錯した。

僕は思わず、体を席のソファーに沈ませながら、女の行方を目で追った。女が、僕の目の前を通り過ぎた。

唯だ。間違いなく唯だ。僕に気づいたようには見えなかった。僕は、そのワンピースの丈の短さに驚いていた。ミニなんてものじゃない。ふあっと裾が開いたタイプのミニで、太股が露わに見えていた。自前のものではなく、店から借りている衣装というのが、僕の印象だった。

唯は幾分、緊張した面持ちで、そのまま、左後ろの十メートルくらい離れた中年の男性客三名の席に着いた。

僕は体をよじりながら、左後部のボックス席をしばらく観察した。僕の横に交代のホステスが未だに来ないのは、かえって好都合だった。

唯の席には、他にも二人のホステスがいて、この二人と客たちの会話は弾んでいる。あとから加わった、唯はぽつねんと孤立しているように見えた。

僕の目の前を、最初にシステムを説明した黒服の男が通りかかった。僕は手で合図した。黒服が僕の前に跪（ひざまず）いた。

「ねえ、今通り過ぎた白いワンピースの娘（こ）、名前は何て言うの？　ほら、あそこの白いワンピース」

僕はそっと左後部座席の方向を指さしながら、訊いた。

「ああ、レナさんですね」

「呼んでくれないかな」

「かしこまりました。ただ、今、あちらの席に着いたばかりですから、二十分くらいお待ちいただくことになりますが、よろしいでしょうか。もちろん、その間、こちらには別の娘をお付けしますから」

「あと、二十分か」

僕は渋るように呟いた。半分くらい演技が入っていた。何が何でも待つつもりだったが、できるだけ早く唯をこちらの席に移動させたかった。

「なるべく、早くお付けしますから」

黒服が媚びるように言った。僕は小さく頷いた。

次に僕の席に着いたホステスは、思い切り退屈な娘だった。僕はあやうく出そうになる欠伸を嚙み殺した。

ようやく、その娘が黒服に呼ばれ、さらにそれから五分くらいして、左後方の席にいる唯も黒服に声を掛けられて、立ち上がった。僕の目の前を背中を見せて、通り過ぎた。やはり、臀部の白い膨らみが見えるほどのミニだった。例の刺激が僕の脳髄を襲った。

唯は、いったん、奥の部屋に下がったようだった。僕は、二時間程度観察している内に、それが唯に限ったことではなく、交代の際のルールであることに気づいていた。

先ほどの黒服に先導されてこちらに歩いてくる、白いワンピースが見えた。僕の心臓は高まった。

「レナさんです」

　黒服が紹介した。

　唯が目の前に立ち、頭を下げた。顔を上げて、再び僕を見た瞬間、唯の顔が強張るのが分かった。ある意味では、予想通りの反応だった。

「よくここが分かったわね。誰に訊いたの？」

　唯は僕の隣にかなり距離を置いて座り、尖った声で訊いた。座ったことによって、白い太股が一層剝き出しになった。

「誰にも訊かないよ。ただの偶然だよ。ここに入ったら、たまたま君がいたのさ」

　唯は無言だった。僕の言ったことをまったく信じていないのは、ありありと分かった。自分の動揺を必死で抑えようとしているようだった。

　そのとき、コの字形になっている僕たちのボックス席の右隣に別の客三名が入ったので、唯は黒服の指示で、僕のほうにぐっと体を寄せざるを得なくなった。唯の股と僕の脚の外側が擦れ合うほど接近した。同時に、化粧と体臭の混ざった心地よい香りが、僕の鼻孔に立ち上った。

　唯の顔に明らかな不快感が滲んでいる。しかし、僕はそんな唯の顔にも動じず、唯の股の感触を楽しんだ。

「柳瀬さん、そんな恰好して恥ずかしくないの」

僕は唯の表情に浮かんだ嫌悪感に復讐するように、無表情のまま訊いた。唯は僕の言葉には応えず、憎悪の籠もった眼差しで、僕をにらみ据えた。しかし、その間も、隣の客がいるため唯は身動きが取れず、その股が僕の脚に触れたままだった。

「島本さん、目的は何なの。大学に密告するつもりなの？　就業規則違反だと言って――」

しばらくして、唯が隣に聞こえないような小声で訊いた。

「そんな気はまったくないよ。そんなことをしたって、僕には何の得にもならない」

僕は、同じような小声で応えた。

「じゃあ、私にどうして欲しいの？」

唯が畳みかけるように訊いた。その苛立ちが、僕の体とほとんど接している全身から伝わってきた。

「来週の同じ曜日、僕と同伴して欲しい。そのとき、今後のことをゆっくり話したい」

僕は、この一瞬、自分がストーカーであることを自覚した。「今後のこと」という表現が、我ながらいかにもストーカー的だと思ったのだ。相手の都合などまったく考えずに、結婚の手続きを進めようとする、サイコパスのストーカー。そういう典型的な異常者像が、自分の姿に重なったのだ。

「来週の金曜日ってこと？」

唯の質問に、僕は頷いた。

「いいわ。だったら、午後七時にアマンドでどう?」

「分かった」

僕は短く応えた。

「じゃあ、今日はもう帰って」

唯は顔を横に背けながら言った。

「帰ってもいいけど、君も一杯くらい飲んだらどうなの。君の売り上げに貢献したいんだ」

僕は、皮肉な口調で言った。露骨な嫌悪感には、露骨な皮肉で応えるのが一番だった。

「じゃあ、一杯だけもらう」

言いながら、唯は右手を挙げて黒服に合図した。かなり手慣れた感じで、新人のホステスには見えない。僕は、唯がキャバクラのような水商売のアルバイトを始めたのは、そう最近のことではないような気がした。

唯は赤ワインを注文した。それが出て来るまで、二十分程も掛かった。その間、僕たちはほとんど口を利かなかった。体は親しげに接しているにも拘わらず、である。

（10）

一時間待った。それでも唯は現れなかった。携帯に何度も電話を入れた。だが、留守電になっているのが分かっただけだ。メッセージを残した。思い切り、苛ついた口調で喋った。

約束の同伴日です。どうして来ないの？　こっちは、もう一時間待っているんですよ。あなたがそのつもりなら、僕にも覚悟があるからね。すぐに、電話をください。

さらに一時間待った。その間、電話を掛け続け、似たり寄ったりの内容のメッセージを残した。だが、何の返事もない。

僕は腕時計を見た。ほぼ九時になりかかっている。僕はようやく伝票を掴み、勘定を済ませて外に出た。

薄いコートの襟を立てた。思いの外、寒かった。十二月四日の金曜日だった。既に師走だ。

「舞園」に向かった。アマンドから、ほんの数分の位置にある場所だ。

「舞園」の入っているビルのエレベーターに乗った。六階で降りると、黒服立ちの「いらっしゃいませ」の声に迎えられた。先日、僕に店のシステムを説明した黒服が、目ざとく僕を見つけて、すぐに近づいてきた。

「島本様、先週はありがとうございました」

僕の苗字を覚えているのは、さすがに水商売のプロだ。僕は不意に八万二千五百円という金額を思い浮かべた。先週、僕が払った料金の額だ。初めて入ってそれだけの金を払ったのだから、いかに高級店とは言え、僕はそんなに悪い客でもなかったのだろう。

「本日のご指名は」

「いや、その前に聞きたいことがあるんです。今日は、レナさんは出勤してるんですか？」

「あっ、レナさんですか。少々お待ちください」

僕たちは店の入り口の受付で喋っていたのだが、黒服はいったん店の奥に引っ込んだ。大きなキャバクラで相当数のホステスを抱えているはずだから、出勤表を見ないと、個々のホステスの出勤状況は分からないのだろう。

僕はぼんやりと立ち尽くして、黒服が戻るのを待った。その間にも、同伴と思われる客とホステスのカップルがぞくぞくと入って来る。僕は、ふとその中に唯を発見することを恐れた。

怒りのマグマが沸騰していた。もしそのとき、他の客と同伴出勤する唯を見つけたら、僕はいきなり殴りかかったかもしれない。そんなことになることを、僕自身が恐れていたのだ。

黒服が戻って来た。

「島本様、お待たせしました。レナさんは、本日は出勤にはなっておりません。まことに申し訳ありません」

「そうですか。本当は今日、彼女と同伴予定だったのですが、見事にすっぽかされました」

僕は、穏やかに言った。もちろん、それが皮肉に聞こえる効果は意識していた。黒服が当惑の表情を浮かべた。

「そうだったんですか。それでしたら、なおさら申し訳ありません。今度本人から事情を聞いて、島本様にきちんと謝罪するようにきつく言いますので――」

「いや、もういいんです」

僕は、呟くように言った。

「それで、本日は？」

「いや、今日はもう帰ります」

「そうですか。申し訳ありません」

黒服はしつこく引き留めることはしなかった。エレベーターの位置まで戻る僕を追い越して、エレベーターの降下ボタンを押した。すぐに下りのエレベーターが来た。

「また、宜しくお願いします。本日は本当に申し訳ありませんでした」

黒服は、フロアに頭が着きそうになるほど頭を下げた。僕は、こんな水商売のプロでも案外まともな対応をするものだと感じていた。むしろ質(たち)が悪いのは、唯のような素人なのだ。

エレベーターの扉が閉じた。頭を下げたまま、顔を上げない黒服の残像が網膜の奥に残った。黒服のまともな対応に比べて、唯のひどさが際立っていた。

そうだ、と僕は思った。ああいう女には、懲罰を与える必要がある。僕はエレベーターの中でその方法を必死に考え始めた。

第四章　犯人

（1）

十二月十二日（土）の夕方六時、僕は阿佐ヶ谷駅の下りプラットホームに立って、電車を待っていた。いや、待っていたというのは正確ではない。僕は先ほどから、既に三本の電車をやり過ごしているのだ。

すぐに隣駅の荻窪に戻る気が起きなかった。さまざまな思考が僕の脳裏を巡り、駅のあらゆる喧噪も気にならないほど、僕は思考の渦に巻き込まれていた。

僕は大学から帰宅する唯のあとを尾行し、唯の自宅マンションを突き止めていた。先週の土、日も阿佐谷に行き、唯のマンションを見張った。

唯の住むマンションは、マンションと呼べるか微妙と言っていい五階建ての建物だった。確かにエレベーターは付いているが、外階段もあり、昔、コーポと呼ばれていた旧式の建築物を彷彿とさせた。唯の部屋は二階の角部屋で、しかも道路側に面していたので、見張るにはおあつらえ向きの位置だった。

さらに都合がいいことに、前に小さな公園があったから、僕はそこのベンチに座って、長い間、唯の部屋を見つめ続けた。僕の目的は、唯の恋人を探し当てることだった。

同伴の約束をすっぽかされたあと、僕は一度、学生広場を通り抜けようとしている唯を追いかけ、背中から声を掛けたことがある。

「柳瀬さん、この前はどうして来なかったの？」

僕は、皮肉な笑みを浮かべながら訊いた。だが、唯は動じた様子もなく、平然と応えた。

「やっぱり、生理的に耐えられないの。それに、私、もうお店辞めましたから」

唯はごく普通の声で応えた。唯の言葉が胸に突き刺さった。

「だとしても、何の連絡もなくすっぽかすなんて無礼じゃないか」

僕はついに声を荒らげた。

「そうかしら。あんな約束、無理にさせられたようなものですから」

そう言うと、唯は足早に歩き去った。僕は追いかけなかった。ただ、地味なジーンズ姿の背中を目で追い続けた。

唯の恋人を見つけて、どうしようと具体的に決めていたわけではなかった。ただ、その相手に対して、唯の素行の悪さを暴露し、唯との仲を引き裂いてやろうという程度のことを漠然と考えていたに過ぎない。

だが、意外なことに、土、日の唯はたまに近くのコンビニに出かけるくらいで、ほとんど自宅に籠もりきりなのだ。外部からの訪問者も確認されない。僕はふと、「昔から付き合ってるカレシ」というのは、はったりだったのかもしれないと思い始めた。

唯は確かに容姿も整い、知的雰囲気に満ちている。普通に考えれば、恋人がいるのも当然だろう。しかし、僕との関係で図らずも明らかになった性格の歪みを考えると、仮に恋人ができても長続きしないように思えた。

その日もまるで成果がなかった。僕は、朝の八時から夕方の五時過ぎまで唯の部屋を見張り続けた。しかし、唯は一度近くのコンビニに出かけただけで、すぐに部屋に戻った。

自分の行動が情けなくなった。こんなことをして何になるのだ。頭を冷やせ。誰かが囁いていた。不意に理性が研ぎ澄まされたように感じた。

僕は公園をあとにして、駅に向かって歩き始めた。

下り電車が到着するアナウンスが始まった。やがて轟音（ごうおん）が聞こえ、電車がプラットホームに滑り込んで来る。扉が開き、乗降客の喧噪が遠くで聞こえる波音のようなざわめきだけを耳奥で刻んだ。

再び電車がプラットホームを離れ、電車の轟音と共に、雑踏の喧噪も遠ざかり始めた。

「島本さん」

誰かが僕の背中を叩いた。振り返ると、はっとした。中橋が立っていたのだ。

「ああ、中橋君か」

僕は、若干、上ずった声で言った。何かよからぬ場所に入ろうとしているときに、知り合いに声を掛けられたような心境だった。

「こんなところで何をしてるんですか？」

中橋はいつもののんびりした声で訊いた。

「阿佐谷に買い物に来て、今、帰る所なんだ。自宅が荻窪だからね。今の電車、乗り遅れちゃった」

僕はかろうじて辻褄の合うことを言った。最後の部分は嘘だったが、中橋は別に怪訝な表情も見せずに言葉を繋いだ。

「ああ、そうでしたね。主任は荻窪にお住まいですよね」

「ところで、君はどうしてここにいるんだ。確か、君は船橋方面から大学まで通っているんだろ」

「ええ、そうですが――」

中橋は、ここで言葉を切り、照れたように笑った。別に何かを隠そうとしているという感じでもなかった。

「実は、カノジョのマンションが阿佐谷にあるものですから、これから行くところなんです」

中橋は、さらりと言った。

「そういうことか」

奇妙な胸騒ぎを覚えていた。輪郭の乏しい不安の影が陽炎のように網膜の奥で隠見した。

「それじゃあ、失礼します」

中橋が一礼して歩き出した。体育会系らしい、礼儀正しい態度だった。僕は曖昧に頷き、中橋の背中を見送った。居心地の悪い虚脱感が、全身を巡り始めた。

（2）

不思議なものだ。事件はまったく解決されていないのに、学内の職員間では、事件の話もあまり出なくなっていた。捜査は膠着状態で新しい情報が新聞やテレビで報道されなくなったということもあるが、僕ら自身が異常な状況に麻痺しているのだろう。

僕自身、事件のことより唯のことばかりを考えていた。いったん復活したように見えた僕の理性は、いつの間にか消えていた。

唯を犯した上で、殺してやりたいとさえ思い始めていた。ストーカー殺人。そんな凡庸な言葉で僕の行為が一括りにされるのは真っ平だったが、かと言って僕がそれを実行した場合、やはりそうとしか呼びようがないことは認めないわけにはいかなかった。

ただ、それをどの程度本気で実行しようとしているのか、自分でも分からなかった。恋人に唯の行状を暴露してやろうという計画も、事態の急変によって躊躇せざるを得なくなっていた。

嫌な予感が的中していた。唯の恋人は中橋だったのだ。彼は、僕の遠回しな質問に、いともあっさりと告白した。

昼休みの文学部事務室のデスクで、僕と中橋は偶然、二人だけになった。

「中橋君、つかぬことを訊くけど、阿佐谷に住んでいる君のカノジョって、うちの関係者なの」

僕はさりげなく訊いた。

「ええ、まあ、そうです」

中橋は一瞬、軽く躊躇したようにも見えたが、僕の質問をそれほど深刻に受け止めた様子もなく応えた。

「僕の知ってる人？」

「実はそうなんです。主任だから、言っちゃいますけど、僕のカノジョっていうのは、学生部の柳瀬さんなんです」

「へえ、そうだったのか」

僕は、わざと驚いて見せたが、阿佐ヶ谷駅のプラットホームで中橋と会って以来、そんな予感に悩まされ続けていたから、驚きはなかった。僕の網膜を中橋に抱かれる唯の裸体が掠め過ぎた。

「もう付き合い始めて三年になるんですが、彼女、僕が学内の他の人に彼女と付き合っていると言うと、ひどく嫌がるんです。まあ、同じ職場ですからね。そういう人間関係がばれると、いろいろと仕事がやりにくくなる面があるのでしょうね。ですから、主任、すみませんが、このことはここだけの話にしておいてくれませんか」

「分かったよ。そういうことなら、誰にも喋らないよ。特に加納さんにはね」

僕は動揺を気取られないように、希美をダシにして、つまらぬ軽口を叩いた。中橋は、軽く苦笑を浮かべただけだった。

唯が中橋に二人の交際を学内者に喋ることを禁じていた心理は、よく理解できた。中橋が唯との関係を人に話せば、中橋の耳にも唯に関するよくない噂話が入ることはあり得るだろう。唯は、そういうことが起こることを避けたがっているに違いない。

僕が当初の計画を断念したのは、もちろん、中橋を傷つけたくないということもある。しかし、唯を殺害するという、妄想にも似た想念が浮かび上がってくると、唯の恋人の中橋に唯の行状を暴露したところで、どうということはないように思われてきたのだ。少なくも、それは決定的な復讐にはなっていない。

それでは、決定的な復讐とは何か。それは唯の抹殺だった。この世から、唯の肉体を完全に除去することなのだ。

僕は、とりあえず殺人計画を立ててみた。それは一種のゲーム感覚だったのだろう。完全犯罪という言葉を思い浮かべた。やる以上、捕まっては意味がないのだ。

まず、僕は巡回のことを考えた。絶対に疑われないようにするためには、巡回のメンバーに入っているときに、目的を遂げたかった。これが、完全犯罪を実現するための基本コンセプトだった。まさか、殺人が起きないように警戒している警備態勢の中に、殺人者が潜んでいるとは誰も信じないだろう。

そして、それがうまく行けば、僕の殺人を学内で起こっている一連の女子学生殺しに紛れ込ませることができるのだ。そのためには、どうしても学内の女子トイレで唯を殺害する必要がある。

しかし、問題はどうやって、唯を女子トイレにおびき出すことができるかだ。巡回の手順を考えた。女子トイレでは、巡回の担当者二名が中に入ることになっている。そのとき、唯が僕とコンビを組んでいれば理想的なのだ。そこの階には、僕と唯以外は誰もいない状況が出現しているわけだから、予期せぬ目撃者に出会うことはほとんどあり得ない。

学生部の職員から、たまに唯も巡回のメンバーに入っていることを訊いていた。しかし、僕自身が巡回で一緒になったことはなかったので、おそらく唯の巡回参加はごく限られているのだろう。

だから、僕は計画的に唯と同じ日に巡回し、しかも二人で回る機会を作らなければならない。それには妙な言い方だが、唯の協力が必要だった。つまり、僕は唯の死の舞台を唯自身に演出させるという難題に挑まなければならないのだ。

どんな詐術を使って、そういう条件を整えるかを思い付くには、時間が掛かりそうだった。ただ漠然とではあるが、唯を強請(ゆす)って、金を僕に渡さなければならない状況を作り出すことを考えていた。その受け渡しを口実として、巡回で僕と唯が二人だけになる瞬間を作り出せれば、チャンスはある。

もう一つ重要なことがあった。やはり、僕の身代わりとなって、というか、連続殺人犯となって逮捕されてくれる人物がいれば、この計画はなお望ましいのだ。

有力候補は、何と言っても尾関だった。警察の尾行は相変わらず続いているという噂があった。しかし、犯人候補を尾関だけに絞るのは危険だった。尾関に、完全なアリバイが成立する事態も見ておかなくてはならない。

そういう状況に備えて高倉に疑惑が行ってもおかしくない状況も作っておくべきだろう。高倉に関する黒木の発言は、意味深長だった。状況次第では、高倉に対する疑惑が深まることも考えられるのだ。

僕は、いつも事務職員に威張りまくっている尾関に罪を着せることには、ほとんど良心の呵責を感じなかった。仮に高倉に罪を着せることになれば、いささか良心が痛むことは確かだった。しかし、それもやむを得ないと僕は思った。

(3)

僕は業務上、尾関に面会する必要があった。実は学部長の落合が音頭を取って、殺された文学部の女子学生に対しては、前期に登録した単位は、すべて取得させるという方針が教授会で決定されていたのだ。

評価自体は、合格でありさえすれば個々の担当教員の裁量に委ねられている。ただ、該当教員のほとんどが、AかA+を付けて死者に哀悼の意を表した。ところが尾関だけが、その成績名簿を未提出だったのだ。

尾関は普段から、事務書類の提出が遅い教授だったから、僕はたいして気にも留めていなかった。しかし、気の小さい野田が尾関に確認して欲しいというものだから、やむなく尾関の研究室を訪ねることにしたのである。

尾関は随分、落ち着きを取り戻しているように見えた。昼間からの飲酒の噂が嘘のように、飲酒の痕跡などまるでないようなしらふの表情だ。

僕が室内に入るなり、ソファーに座ることを勧め、すぐに話し出した。

「島本君、僕のほうにも君と話したいことがあったんで、君のほうから来てくれてちょうどよかったんだ」

尾関は落ち着いているという以上に、以前に比べて若干、機嫌がいいようにさえ見えた。

「そうですか。では、先生のお話から――」

僕は尾関を立てるように言った。

「いや、構わんよ。君の話からしてくれたまえ」

尾関の言葉遣いは相変わらず尊大だったが、これまでにない鷹揚な態度でもあった。僕は用件を簡略に言った。

「ああ、そうだったね。私も早く出さなければいけないとは思っていたんだ。だが、亡くなった人間に成績を付けるなんて前代未聞だから、他の先生方も困っているでしょ」

「ええ、そうなんですが、たいていの先生はA以上の成績をお付けになっているようです」

「そうか。まあ、死者にむち打つような行為は慎むべきだろうから、できるだけいい成績を付けるというのは当然だろうね。私もAくらいでどうだろうか。正直に言って、合格を出すにしてもぎりぎりCということだったんだが、そこはもう彼女は亡くなったんだから、私も一応の配慮を示すとして――」

「それはもう、成績判定の権限は先生にあるのですから、問題ないと思います」

「そうか、それならそうさせてもらう。明日にでも、事務のほうに成績名簿を持参するよ」

ここで尾関は一呼吸置いた。僕はこちらから尾関の話を尋ねることはせず、尾関が自ら話し出すのを待った。

「ところで、どうやら私に対する疑いもようやく晴れたようなんだ。これまで私を尾行していた刑事もいなくなった。ほら、君も知ってるだろ。日野署の黒木という刑事から聞いたんだが、御園さん以外の殺された女子学生は、私の授業を取っておらず、私とまったく接点がないことが分かったらしい。黒木刑事、『色々とすいませんでした』と謝っていたからね」

「そうですか。それはよかったですね」

僕は、できるだけ愛想よく、明るい声で言った。その実、尾関の言ったことが客観的な事実だとは信じていなかった。百合菜以外の女子学生が尾関と接点がなかったことは確かだが、そもそもそんなことは初めから分かりきっていることなのだ。だから、その事実を根拠に警察が疑いを晴らすなどあり得ないように思えた。

「それにしても警察よりもけしからんのは、学生部の連中だよ。特に学生相談室にいる柳瀬という女、あれは一体何なんだ。私が警察の疑いは晴れたとわざわざ言いに行っても、依然として疑惑の眼差しで私を見る感じなんだ。私が御園さんにセクハラしていたと決めつけていて、客観的な事実に目を開こうとしない。警察に偏見に満ちた情報を流していたのも、あの女に違いないと私は睨んでいるんだ」

僕はあらかじめ作戦を決めていた。尾関を焚きつけるつもりだったのだ。

「先生、これはここだけの話にしていただきたいんですが、柳瀬さんのことについては、文学部の事務としても少し困っているんです」

僕はそう言うと、この話題に誘い込むように尾関の顔を見つめた。顕著な反応があった。尾関は身を乗り出すようにして尋ねた。

「島本君、それはどういうことだね？」

「先生たちに対する学生の不満をいちいち取り上げて、文学部の事務にも抗議してくるんです。こんなことを先生の前で申し上げるのは失礼かとも思いますが、学生が先生方の悪口を言うのはある意味では普通のことです。それをいちいちまともに取り上げて、大事にするものですから、こんな大事件が学内で起こっているおり、ますます業務が停滞してしまうんです。彼女にももう少し現実を見てもらわないと——」

「そうだったのか。じゃあ、僕の件もそういう彼女の困った性格が引き起こした事件と言えなくもないだろ」

まさに、尾関は我が意を得たりと言わんばかりの興奮した口調で言った。

「ああいう正義感の強い女は、現実を知らないから困るんだよ。まったく君の言う通りだよ」

「いや、先生、それが必ずしも正義感が強いとも言えない面もありまして――」

僕は、もう一度ここで言葉を切り、思わせぶりに言い淀んで見せた。

「まだ、他に何かあるのかね？」

尾関は興味津々という口調で訊いた。

「いや、これは本当にここだけの話にしていただかないと困るのですが――」

僕はくどくどと同じ台詞を繰り返した。

「もちろん、誰にも言わないよ」

尾関はそう言ったあと、哀願するように僕を見た。知りたくてたまらないのだ。

「彼女、アルバイトでキャバクラに勤めているらしいんです。それが噂話として、文学部の一部の学生の間にも広まっていて、こちらも対応に苦慮しているんです」

「嘘だろ。あんな清純そうな美人が――」

尾関はもう小躍りせんばかりだった。その反応は、唯に対する尾関の感情がただの憎悪だけではないことを告げているように思えた。

「まあ、噂話なら放っておくしかないのですが、どういうわけか私のところに密告がありまして、具体的な店名まで知らせてきたのです。六本木の『舞園』という店に金曜日の夜九時過ぎから出ているというような妙に具体的な密告でして――」

僕は、実は、唯が「舞園」を辞めていないのを確認していた。電話を入れて、唯の在籍を確認しただけでなく、実際に店の近くで見張って、唯が出勤する姿を目撃していたのだ。

「マイゾノって、舞う園って書くのかね」

尾関はご丁寧に漢字まで確認してきた。思う壺だ。

「ええ、そうですが、あくまでも噂話ですから――」

僕は言い過ぎたことをようやく自覚して、慌てて口に糊(のり)をしようとしている人間を装った。その実、獲物が罠(わな)に掛かるのを待ち受ける猟師のような心境だった。尾関が「舞園」を訪問することを願っていたのだ。

(4)

僕は高倉の著書『犯罪心理学入門』を読み、面白い一節を発見していた。もちろん、僕のところに送られてきた本は例の下着と共に警察に提出したから、その本を改めて図書館から借り出して読んだのだ。

第三章に「完全犯罪」という小見出しが付いた文章があり、僕はその部分に妙に惹きつけられた。

犯罪者が、犯罪の発覚など恐れずに実行為に移ることは稀である。おそらく、九十パーセントを超える犯罪者は、願わくは犯罪が永遠に発覚しないことを神仏に祈っていることだろう。しかし、完全犯罪という言葉は、現実にはほとんど意味を持たない。というのも、それを可能にする条件は、人間が設定できない偶然の確率に負っているからである。

目撃者の不存在。捜査当局の失態。あるいは天候の急変。考えたら切りのない不確定要素が介在し、それを人間がコントロールするのは不可能であろう。推理小説のように、犯罪の天才が、すべてを能動的に考えた上で、完全犯罪が実現されることなどほとんどあり得ない。しかし、それにも拘わらず、犯罪者、特に死刑が掛かる殺人者の場合、それらの僥倖を呼び込むために、ギリギリの努力を尽くそうとするはずである。

フランスの社会学者エミール・デュルケームは『自殺論』の中で、anomie（アノミー）という概念を呈示した。アノミーは、もともとは「無秩序状態」を意味するギリシャ語に由来するが、デュルケームはそれを社会学的概念として復活させた。伝統的規範が失われ、個人の欲望が際限なく肥大し、社会の理想的な姿と人間の置かれている現実が、極端に乖離（かいり）している状態。こういうアノミー状態のとき、人間が自殺する可能性は高くなり、デュルケームはそれをアノミー的自殺と呼んだ。この理論は、自殺を「自己」に対する殺人と考えれば、殺人にも応用することができるだろう。

社会の理想的な姿と自分の置かれている現実の距離が最大値にあるときに殺人が起こるとすれば、理性はほとんど崩壊状態にあるのが普通である。ところが、完全犯罪は正確な理性の駆使によって実現されるプロセスだから、殺人とその完全なる隠蔽はまったく方向性の異なる行為なのだ。

だが、完全犯罪がその大部分を偶然という要素に負っていることを自覚的に捉えることができる犯罪者は、他の犯罪者よりも、僅かながら完全犯罪を実現する可能性が高いのも確かだろう。偶然を偶然でなくす外的条件を整えた上で、すべてを運に任せるとはいかにも危うい綱渡りに見えるが、それでもそれによって犯した犯罪に対する刑罰を逃れた人々が過去に存在していることは間違いない。もちろん、それは統計学上の永遠の暗数となって、数値として我々の目に触れてくることはないのだが。

完全犯罪が起こり得る条件が、偶然に依っているという言い方が、気に入った。もちろん、だからと言って、それが完全に不可能だと言っているわけではない。偶然を偶然でなくす外的条件。統計学上の永遠の暗数。これらの言葉が啓示のように僕の胸に響いたのだ。僕にとって外的条件を整えるとは何を意味しているのか。それは唯を巡回当番に引き出し、女子トイレの中に、いやもっと大きな空間としての巡回階に僕と唯しかいない状況を作り出すことなのだ。そして、女子トイレの点検の際、僕は刃物で唯に襲いかかる。

刺殺自体がうまく行くかどうかは、まったく予測が付かない。そのあとの捜査がどのように展開されるかも考えても仕方がないことだ。しかし漠然とではあるが、そういう外的条件が整えば、警察が僕の殺人を一連の連続殺人と同じ流れに位置づける可能性は大いにあると思った。

僕も一連の女子学生殺しの犯人と同様、高倉を意識していた。唯殺しについて、警察が高倉の意見を求めることは大いにあり得る。

高倉に挑戦する気分になっていた。それに、僕の感情を高ぶらせる光景をキャンパス内で目撃していた。学生広場の前を、唯と談笑しながら歩く高倉の姿を見ていたのだ。

直感的に唯が高倉に近づいたのだと思った。口実はいくらでもある。学生相談室という職種に就く唯が、心理学の専門家である高倉に業務上相談したとしても不思議ではない。

僕は南雲の言葉を思い浮かべた。割と簡単に体を開くらしいぜ。特に金持ってそうな男にはね。

高倉は、その上容貌も整っており、有名人だった。いくら年齢が離れているとは言え、唯が自分の保身も含めて、高倉を誘うこともないとは言えない。

ただ、高倉は既婚者だった。過去の杉並の事件で、彼の妻が犯人に刺されたとき、報道された新聞や週刊誌で、その写真を見たことがあった。清楚で美しい女性だった。年齢こそ違え、顔の雰囲気だけで言うなら、唯に似ていなくもない。余計なお世話だが、僕は高倉の家で起こるかもしれない家庭騒動を心配した。

（5）

十二月十六日（水）。その日は、年内最後の教授会だった。教授会のある日は、もちろん僕の巡回は免除される。代わりに、野田と中橋が巡回に加わっているはずだった。

その日も、教授会が終わったのは九時近くだった。僕は教授会の開かれた研究室棟の第一会議室から、事務室のある教室棟に引き揚げ、いつも通りコンピューターを立ち上げ、勤務記録を打ち込んだ。

広い共同のスペースに僕以外は、誰もいない。外のシャッターは下ろされている上に、大学の省エネの方針で、照明も半分に落とされているから、室内は妙に暗く、どこか尋常でない静寂（しじま）が、室内に浸潤していた。

何となく薄気味の悪い雰囲気を感じていた。そういう中でいると、パソコンを閉じる音でさえ、神経に障るのだ。

学生の退校時刻は、相変わらず午後八時で教職員は、十一時のままである。だから、教授会が終わって九時近くになった時点では、学内に残っている人間は少ないはずだった。

不意に、デスク上の電話が鳴り始めた。文学部の固定電話は僕たちのデスクの上に一台ずつ置かれているから、少し離れた位置にある野田の席を除けば、全部で四台ある。

外部的には業務終了とされている午後五時を過ぎると、普通は職員が電話に応答することはなく、業務の終了を告げる自動音声が流れることになっている。だから、事情を知っている大学内部の人間は、五時以降に各事務の固定電話には電話しないものだった。

ただ、その呼び出し音を完全に無視する気持ちにはなれなかった。夜の九時近くという突飛な時間に事務室の電話を鳴らしているということは、学内者の誰かが僕がここにいることを知っていて、掛けているような気がした。実際、そういうことはたまに起こるのだ。野田か中橋だろうか。そうだとしたら、巡回中、また何か事件が起こった可能性がある。

「はい、文学部事務室です」

僕は自動音声の途中で、受話器を取って応えた。一瞬、妙な間があった。

「ああ、島本君、尾関だが。私はもうおしまいだ。もうすぐ、死のダンスが始まるよ。すぐに研究室に来てくれ」

息を呑んだ。ひどくくぐもった声で、よく聞き取れなかったが、そんな趣旨のことを言ったような気がする。尾関が、酩酊状態にあるのは確かに思えた。呂律が回っておらず、普段の尾関の声とは全然違って聞こえた。

死のダンスとは、明らかに首つりを意味していた。背筋がぞっとした。

「先生、どうかしたんですか？」

僕は受話器に向かって、震える声で叫んだ。途端に電話が切れた。心臓の鼓動が強く打ち始めた。そう言えば、尾関はその日、教授会を欠席していたことを思い出した。

咄嗟に尾関の研究室の番号を電話番号一覧表でチェックして、電話した。呼び出し音が長く続いたが、応答はない。

間に合わなかったのかもしれないと僕は思った。さらに学部長室に電話した。教授会終了後、落合は教授会執行部のメンバーである、教授会主任と教授会副主任を集めて、短い反省会議を開くのを知っていた。

落合の声が聞こえた。

「ああ、落合先生、今、尾関先生から妙な電話がありました」

そのあと、僕は早口で尾関の電話内容を説明した。

「それはまずいな」

落合が押し殺した声で呟いた。

「僕は、今から管理室に行って事情を話して、尾関先生の研究室のロックを解除してもらいます。それから、あの先生の研究室に向かいますが、不測の事態も考えられますので、申し訳ありませんが、先生も立ち会っていただけませんか？」

「分かった。私と一緒に教授会主任も連れて行くよ」

さすがの落合も、声を上ずらせていた。それでも教授会副主任に言及しなかったのは、副主任が若い女性教員であったため、万一の場合に備えて、男性教員である主任だけを連れて行こうと判断したのだろう。

落合と話し終えて、受話器を置いた途端、十メートルくらい離れた出入り口のほうで人の気配を感じた。僕は警戒気味の視線を投げた。開けっ放しになっている扉の向こうに、黒い人影が動くのが見えた。その人影が、ふっと室内を覗き込んだ。いや、そんな気がした。

僕は全身を硬直させた。血の気を失った、薄い眉の真っ白な顔が、僕の網膜を掠め過ぎた。再び、ぞっとした。その残像が消えた瞬間、扉の外の濃い闇が深い呼吸を刻み始めたように見えた。

僕はそれが幻視だったのか、現実なのか、判断できなかった。得体の知れない恐怖だけが、僕の全身を痙攣（けいれん）させた。

そもそも、尾関の死を仄めかす、あの電話の声は本当に尾関だったのか。僕は誰かの狂言である可能性を考えた。そうだとしたら、尾関は生きている。しかし、僕の直感は尾関は死んでいると告げていた。

管理室で、呑み込みの悪い若い警備員を説得するのに手間取り、僕が文学部の事務室を出て、研究室棟三階の尾関の研究室に到着するのに二十分ほども掛かった。

既に落合と湯沢（ゆざわ）という四十代前半の地理学の准教授が到着していた。

「すみません、遅れて。管理室で事情を説明するのに手間取ったものですから」

「さっきからノックしているんだが、返事はない。電気は点いているのに」

落合は、僕が遅くなった理由などどうでもいいと言わんばかりに焦った口調で言った。

確かに、明かりは点いている。

「ロックはもう解除されているんですか？」

今度は湯沢が訊いた。

「はい、そのはずです」

僕はそう応えたが、自分では扉を開けたくなかった。だが、落合と湯沢が僕を見るので、僕はやむを得ず、扉のノブを回しながら引いた。扉が音も立てずに開く。

僕たちは恐る恐る中に入った。すぐに目に付いたのは、ソファーテーブルの上に置かれたウイスキー瓶だった。サントリーの「山崎」だ。その横に少しだけ液体が残ったウイスキーグラスが一個置かれている。

頭の上で何かが軋むような音が聞こえていた。僕には何も見えない。いや、故意に見なかったのだろう。さすがに目を閉じることはなかったが、僕は目線をある一定レベルに保ち、視野狭窄の状態を作り出していた。

「あっ、あれは――」

突然、悲鳴とも怒声とも付かぬ異様な声が響き渡った。湯沢だった。その右手が書棚の上方を指さしている。

僕は反射的に、湯沢の指し示す方向に顔を上げた。

不意に胃液がこみ上げた。嘔吐しそうだった。

頭髪の薄い中年の男がじっと僕を見つめている。心なしか、僕が先ほど事務室の出入り口で見た人間の顔に似ているように思えた。実際、顔は異様に白かった。あれは僕に自分の死を知らせに来た尾関の亡霊だったのか。

口から舌が飛び出し、それは有毒物質を含む複数の芽が生えた根菜のように、醜悪で奇っ怪な光景を紡ぎ出していた。首にはネクタイが巻かれ、その先端は書棚の一番上の角につなぎ止められている。ズボンの先端から液体が流れ落ちていた。失禁のあとだと僕は思った。

ネクタイがねじれ、男の体は小刻みな回転を繰り返していた。

「何ということだ」

落合は、そう言ったきり絶句した。その視線はあらぬ方向を見ている。

僕はよろけるように外に出た。こみ上げてきた胃液を床の上に吐き出した。それから、胸ポケットから携帯を取り出し、総務部の番号を押した。警察に連絡するのは、総務部の役割なのだ。

僕はやがて聞こえてくるはずのパトカーのサイレンを、既に頭の中で再生していた。

（6）

　JR中野駅で電車を降りた。北口のサンモール商店街を通り抜けた辺りで、高倉の住むマンションを見つけた。駅から徒歩十五分くらいの位置である。

　十二月二十五日の金曜日。午後三時だった。既に大学は冬期休業期間に入り、その間、巡回もいったん中断していた。年が明けたら、一月十二日より定期試験が始まるので、そこでまた夜の巡回が開始されることになっている。

　その日、僕が高倉の自宅マンションを訪ねることになったのは、年内は高倉が大学に来ないのは分かっていたので、僕のほうから訪ねることになったからだ。これは私的訪問というより、大学の総意によるものだった。

　当然のことながら、尾関の死は、学内に再び、騒然とした雰囲気を生み出していた。マスコミの騒ぎ方にも一層の拍車が掛かった。どのマスコミ報道も、尾関の自殺を琉北大学で起こっている連続殺人事件と結びつける論調だった。

　だが、警察の動きは分からない。大学の上層部の理事クラスが、なにがしかの人的パイプを使って、警視庁の幹部と接触しようとしたが、警視庁の口は堅く、本音は分からなかったという噂が流れた。

彼らが知りたかったのは、当然、尾関の死が学内で起こっている連続殺人と関係があるかどうかということだった。尾関が死んだのは、まさに彼が犯人であるからなのか。捜査本部がそう考えているとしたら、大学としては現役教授が自分の大学の女子学生を四人と事務職員一人を殺したことになるのだから、前代未聞の不祥事だった。来年の受験生は激減し、大学の存立自体を脅かすような財政危機を招きかねないだろう。

どんな手を使っても、日野警察署に置かれている特別捜査本部の情報が漏れてこないことに、大学上層部は苛立っているようだった。僕自身は、尾関の自殺さえ怪しいと考えていた。ただ、捜査本部が自殺と発表しているため、マスコミもそれを踏襲していて、自殺を疑うような報道は今のところ出ていない。

しかし、尾関の死体を直接見た僕にしてみれば、あれが絶対に自殺とは言い切れない気がした。偽装しようと思えば、不可能ではない死に方に見えたのだ。特に、尾関の首を絞めていたものは、自分が着用していたネクタイらしいから、誰かがネクタイで首を絞め、そのままネクタイの先端を書棚の角に結わえ付けたとも考えられるのではないか。

いずれにしても、尾関の死は、僕の殺人計画にとっては大きな痛手だった。これによって、罪を尾関に着せるのは不可能になった。その上、一連の女子学生殺しが尾関の仕業と断定されれば、巡回自体が永遠に中止になる可能性さえあるのだ。そうなれば、唯を殺害するためのシナリオは、根本的な見直しを強いられるだろう。

僕は、落合と野田に対して、高倉の意見を僕が聞きに行くことを提案した。それは単に、高倉の犯罪心理学者としての意見を聞くという意味だけではない。高倉がかつての事件で警視庁との間に、ある種の情報網を持っているのは確かだから、その情報網を通じて警視庁の判断を探ることも可能なのではないか。

この部分が、大学上層部には特に魅力的に聞こえたのだろう。落合が理事たちとも相談し、大学の総意として、僕を高倉の自宅に派遣することを決めていたのだ。

オートロック方式のマンションだった。僕がインターホンを押すと、「はい」という柔らかな女性の声が聞こえた。高倉の妻だろうと僕は思った。

「琉北大学文学部事務部の島本と申します」

僕は、幾分、緊張した声で名乗った。

「はい。お入りください」

僕が来ることは、高倉からあらかじめ伝えられていたようで、よどみのない声が流れた。

ロックを解除された玄関の自動扉を通り、エレベーターで五階の五〇三号室に行った。その前で再び、インターホンを鳴らすと、すぐに扉が開いた。女性が顔を出し、にこやかな笑顔で「どうぞお入りください」と言った。

三DKの間取りのごく平均的なマンションだった。僕はリビングに通され、鶯色の応接ソファーで高倉と対座した。

僕を迎え入れたあと、いったん隣のキッチンに引っ込んだ高倉の妻が日本茶を持って、戻って来た。

「妻の康子です」

高倉が改めて紹介した。僕は慌てて、再び立ち上がって挨拶した。

「島本です。本日は、お休み中、お邪魔しまして誠に申し訳ありません」

言いながら、康子の顔をそっと窺い見た。気品のある整った顔立ちの女性である。しかも、優しげな表情だった。

実際の年齢は知らないが、見たところ、三十代にさえ見えないことはない。ベージュのズボンに白いセーターという、飾らない雰囲気の普段着だったが、それがよく似合っている。

「高倉から聞いていますが、島本さんも今度の事件でいろいろと大変なんでしょ。高倉もお世話を掛けてるようで、本当にありがとうございます」

康子は、僕と高倉の前に日本茶の入った湯飲みを置くと、柔らかな笑みを湛えて言った。

「とんでもありません。私たちのほうこそ、高倉先生にいろいろと相談させていただき、ご迷惑をお掛けしっぱなしで申し訳なく思っております」

僕は、へりくだって応えた。

「どうぞ、お座りになって、ごゆっくりなさってくださいね」

康子は一礼すると、奥の部屋に退いた。気を利かせて、席を外したのだろうと僕は思った。

ソファーに座り直すと、目の前に座る高倉と視線を合わせた。高倉は、白いワイシャツに紺のカーディガンという、リラックスした服装だった。

高倉の後ろには、作り付けの書棚があり、洋書を含む多くの書籍が並べられている。それ以外には、それほど目立つ調度品もない簡素な部屋だった。

「先生、早速ですが、警察は尾関先生の死を自殺以外に考えられないと考えているのでしょうか？」

僕はすぐに本題に入った。僕には、大学の上層部とは異なる思惑もあった。なるべく、尾関が他殺かもしれないという雰囲気を高倉との間に作り出したかったのだ。

「さあ、それはどうでしょう。警察というところは、なかなか本音を言わないところですからね。特に、重大事件の捜査になればなるほどそうです」

高倉は、警戒気味の口調で応えた。

「先生がお知り合いの警視庁の方に問い合わせても、そうでしょうか？」

露骨な質問だった。だが、この場合、その露骨さが重要だった。

「いや、私は特に警視庁の知り合いに問い合わせることはしておりません。捜査一課に直接口が利ける程度の知り合いが一人いますが、彼がこの事件を担当しているかどうかも知りません」

取り付く島のない返事だった。しかし、想定内だった。僕は、改まった口調で再び、話し始めた。

「今日、私が参りましたのは、電話でも申し上げましたように、落合学部長などの意向を受けまして、学内で起こっています一連の殺人事件について先生の御見解をお聞きし、今後の巡回のあり方を検討するためです。尾関先生が自殺したとすれば、やはり普通の考え方としては、彼が一連の殺人事件と少なくとも何らかの関わりがあると思わざるを得ないのですが――」

「いや、私は依然として、彼が犯人である可能性は低いと思っています」

「だとすると、逆に言うと、彼の死は自殺ではないということに」

僕は明らかに都合のいい方向に、高倉を誘導しようとしていた。理想的には、僕の見解を高倉の見解として、大学上層部に伝えたかったのだ。

「いや、それは少し飛躍があるでしょ。彼は、学内の殺人事件とは無関係な理由で自殺したという解釈もあり得ますから。逆にお聞きしたいのですが、尾関さんの死の現場をご覧になった島本さんとしては、あれが自殺ではないという根拠をお持ちなのでしょうか?」

高倉の質問に、若干、たじろいだ。やはり、一筋縄ではいかない相手だった。

「根拠は、別にありません。ただ、尾関先生の縊死場面を見たとき、あれなら他の人間が彼を絞殺した上で、自殺に見せかけることも不可能ではないと思ったものですから――」

「あなたはそのことを黒木さんに話したのですか？」

「いいえ、話していません」

僕は尾関の死後、黒木とは接していない。落合や湯沢と一緒に、最初に駆けつけてきた機動捜査隊の警官二名に、死体発見の模様を話しただけである。

「そうでしたか。実は、黒木さんは、少し興味深いことを言っているのです。索条痕が水平に過ぎると――」

「索条痕が水平？」

思わず、高倉の言葉を反復した。黒木が尾関の死後、僕には接することをしないで、高倉と話していることにも、一抹の不安を感じた。

「ええ、溢溝とも言うのですが、自殺の場合、それはたわんだロープのように、緩やかな凹状のくぼみを示すのが普通です。だが、それが水平だったというのです。これは他者による絞殺の場合、左右に強く引っ張られるために起こることが多い」

「そうなんですか。それはかなり決定的ですね」

思わず身を乗り出すようにして言った。

「いいえ、必ずしもそうとは言えません。実は、溢溝の出来方は、同じ首つり自殺でも、やり方によって随分違います。さっき言ったことはあくまでも一般論で、それが水平であることも、そう稀ではないそうです。ただ、これもやはり、黒木さんの話ですが、ソファーテーブルの上に残されていたウイスキーグラスには、ほんの薄くではありますが、口紅(ルージュ)の痕が残っていたそうです。研究室に何度も入ったことがあるゼミ生の話では、ウイスキーグラスはもともと一つしかなかったそうです。従って、尾関さんは来客の誰かとそのグラスをシェアした可能性がある。ただ、彼の体内には、微量のアルコールしか残っていませんでした」

「ほんとですか？　しかし、僕が事務室で受けた尾関先生からの電話の印象では、あの時点で先生は既に酩酊状態という感じでしたよ。呂律が回っていないというか――」

僕はこのことは、機動捜査隊員にも話していた。

「ええ、そういうあなたからの情報を黒木さんも把握していました」

「それでしたら、警察は尾関先生はやはり殺されたと考えているんでしょうか？」

「いや、そうではありません。そういう個別な状況は、確かに自殺に対する疑義を呈する要素とはなりますが、自殺という最終的な判断を覆すものではないと判断されたようです。例えば、ウイスキーグラスの口紅は彼が死ぬ前に女性の来客があったことを示すものではあるけれど、自殺はその女性の来客のあとに行われた可能性もある。その女性と自殺は動機という意味では関係があったとしても、彼女が尾関さんを殺して、自殺に装ったというのは、体力面でも少し無理と警察は判断しているようです」

女性の訪問者。僕は唯の顔を思い浮かべた。しかし、唯のことに触れるつもりはなかった。

「しかし、僕に電話してきた男の声は、僕が聞き取れないほど酩酊している印象でした」

「そうですね。彼の体内からは微量のアルコールしか発見されていませんから、その点は確かに不可解です。誰かが彼を装ってあなたに電話した可能性も否定できない。しかし、一方では、自殺寸前の人間は精神的に乱れていて、まるで酒に酔っているような喋り方をするとも考えられる」

「では、先生も尾関先生はやはり自殺だと――」

僕は総括を求めるように訊いた。

「いや、それは分かりません。私は黒木さんから聞いた警察の見解を要約して、あなたに申し上げているだけですから」

だとしたら、警察はやはり高倉を特別な存在とみなしているのだろう。高倉にはある程度の情報をリークして、高倉の見解を聞き出そうとしている印象だ。

「先生、我々の巡回は、まだ継続したほうがよろしいのでしょうか?」

僕は話題を変えるように訊いた。しかし、これがまさに本題だった。

「もちろん、そうです。事件は解決していないからです。私は依然として、尾関さんが一連の女子大生殺しの犯人とは考えていません」

「でしたら、警戒を緩めれば、また新しい事件が起きるという意味ですね」

「そうかもしれません。犯人は病気なのです。仮に厳しい警戒中であっても、事件が起こる可能性さえあります」

犯人は病気。それはそうに違いない。しかし、僕だって同じようなものだろう。僕は自虐的にそう考えた。一方で、その日の訪問の目的は果たしたようにも感じていた。大学上層部には、この点を報告するのが一番重要なのだ。

巡回の継続。それは、尾関が犯人ではないことを意味しており、大学上層部にとっては、とりあえず受け入れやすい結論のはずである。

（7）

年が明けた。三が日を僕は一人寂しく過ごした。少しは付き合いのある、都内の親戚筋の人間の家にも顔を出さなかった。

僕はひたすら自分の殺人計画について考え続けた。偶然の部分は基本的に排除して、計画自体に穴がないか、繰り返し検討していたのだ。

唯を巡回メンバーの中に人為的に組み入れる方法もそろそろ考えなくてはならないだろう。それを実現するためには、唯と生前の尾関の関係をもっと調べる必要がある。

一月六日（水）。僕は調査のために「舞園」に出かけた。密かに大学のホーム頁に載っている尾関の顔をコピーしたものを持参し、それを僕の席に着くホステス全員に見せて尋ねた。

運良く、比較的長く勤めている一人のホステスが尾関の顔を覚えていた。尾関が「舞園」を訪問していたことは確認された。

僕は、そのあと、例の黒服とも話し、尾関の指名が「レナ」であったことも聞き出していた。彼がそんなことを喋ったのは、唯がこの時点では既に店を辞めていたからだろう。年末に電話があり、はっきりと辞めるという申し出があったようだ。

情報としては、それで十分だった。僕は深追いは避け、それ以上詳しくは聞かなかった。唯を殺したあとのことも考えていたのだ。警察は、唯がアルバイトで「舞園」で働いていたくらいは、簡単に突き止めるだろう。そうすれば、僕や尾関もその店に来たことがあるのは、すぐに分かるはずだ。

しかし、僕が「舞園」を客として訪問したのは、二回だけだった。唯に同伴をすっぽかされて、店の受付前で黒服と喋ったのを含めても、三回だけである。

一回目は、南雲の話を聞き、それを確かめたいという好奇心で、店に出かけたと言うつもりだった。そのとき、同伴の話を持ちかけられ、応じたもののすっぽかされたと言えばいい。

二回目は調査目的と言うべきだろう。その内容については、嘘を吐く必要はない。つまり、尾関と僕の間で取り交わされた唯に関する会話をそのまま話せばいい。尾関が死んだことと僕が唯について尾関に話したことが何か関連があるような気がしていたので、尾関が「舞園」に来たことがあるかを調べるために、もう一度店を訪問したと説明するのだ。

しかし、唯との交際は否定する。唯と接していたのは、業務上の話をするためであり、ときに大学の外で一緒に食事をしたのは、事件の話は大学内では話しづらいからという説明で押し通すつもりだった。

一月十一日(月)、成人の日。休日だったが、授業日となっていた。授業実施の場合、事務体制も通常通りとなるから、ほとんどの職員が出勤していた。

僕は適当な用を設けては、文学部事務室の外に出て、唯の現れそうな場所を見張った。携帯への連絡は、避けたほうがいい。やはり、携帯の通話記録の調査は警察にとって最も重要な捜査手段だから、計画実行の、直近の数週間は、僕の連絡が記録として残っているのは望ましくない。

僕が唯の携帯に最後に電話を入れたのが、十二月四日だった。同伴をすっぽかされた日で、僕はあの日は約束の時間の直後、かなり執拗に唯の携帯に電話を掛け続けた。留守電を残して、唯が来ないことを非難したのも確かである。今から思えば、少し自重するべきだったと思うのだが、ある意味では約束をすっぽかされた僕が怒るのは、当然だった。

だから、仮にあの留守電が残っていて、捜査当局に内容を把握されたとしても、「無理にさせられた同伴の約束なのに、すっぽかされて頭に来た」とでも言えば、それなりの説明にはなる。

僕は結局、その日、学生部の入り口付近で唯を見つけ、声を掛けた。唯は僕を見ると、暗い表情で俯いた。しかし、特に強い反発心は見せず、僕に促されて、学生広場を通って体育館の裏手まで一緒に歩いた。午前十時少し前で、授業が行われているということもあり、学生広場にいる学生の数は少なかった。ただ、そこを通り抜ける二人の姿を誰かに目撃される可能性はあった。

それはそれで仕方のないことだった。文学部の事務主任としての僕と、学生相談室の職員としての唯が、従来通り仕事上の相談をすることは、不自然ではない。学生広場という目立つ場所を堂々と通ったのは、そのほうがかえって勘ぐりを受けないと判断したからだ。

体育館の裏手にはさすがに誰もいなかった。普段から人影の少ない場所だが、翌日から試験期間が始まるその日は、特に閑散としていた。

唯と僕は横並びに、体育館の壁に背中をくっつけるようにして話した。淡い冬の日差しが僕たちの顔に差し込んで来る。

唯はまったく元気がなかった。顔色もよくない。服装も普段のように洗練された印象はなく、何となくだらしのない恰好に見える。黒のジーンズに、濃紺の厚手のセーター。その上から白のハーフコートを着ている。

「尾関先生が亡くなったことについて、少し聞きたいことがあるんだ」

僕は、ずばり本題から入った。

「やっぱり、そのことなの」

唯は力なく、応えた。

「やっぱり？」

僕は意地悪そうに唯の言葉を反復した。唯はしばらく黙り込んだ。

「尾関先生、『舞園』に来ただろ」

「島本さんが教えたんでしょ。『舞園』のこと」

わざと教えたんでしょと、その顔は告げていた。

「ああ、あの先生がしつこく聞くもんだから、つい口が滑っちゃったんだ。君があういうアルバイトをしていることは、君が考えている以上に、一部の職員のところで広まっていたんだよ。だから、尾関先生もその噂を耳にして、僕に訊いてきたんだ」

この経緯は正しくはなかったが、唯のそういう噂がある程度広まっていることは必ずしも嘘とは言えなかった。

「確かに、尾関先生、あのお店に来たわ。そして、私、脅されたの。大学に知られたくなかったら、俺の言うことを聞けって」

「それで、あの先生の研究室に行ったんだろ」

僕は決めつけるように言った。唯は無言だった。その沈黙は、肯定したも同然だった。

「ソファーのテーブルの上に置いてあったウイスキーグラスに、女性の口紅が残っていたんだ」

僕は畳みかけるように言った。

「それ警察情報ですか？」

唯は僕の質問に直接は応えず、小さな声で訊き返した。

「情報源は言えないよ。ただ、警察がウイスキーグラスの口紅を確認していることは間違いない」

「私、何もしてないのよ！」

突然、唯が取り乱したように言った。

「誰も、あなたが何かしたとは言ってないよ。順を追って話してみたら」

僕は少しは親身になっている態度で促した。もちろん、見せかけだけだった。

「私、彼と話し合うために研究室に行った。ちょうど教授会が始まる午後の三時半頃だったから、少しいるだけで帰れると思っていたの。ところが、あの先生、『教授会など出なくたって平気なんだ』と言って、なかなか私を解放しようとしなかった。五時を過ぎた頃から、書棚からウイスキーとグラスを取り出し、私の前で平気で飲み出したの。それで、かなり露骨になって来て、私の秘密をばらさない条件として、私の体を求めてきたの。一回だけのセックスでいいからって言って。もちろん、私は拒否した。彼は案外あっさりと諦めた態度になって、それだったら代わりにお酒の付き合いをしろって言い出したの。グラスは一つしかないから、私もそのグラスで飲めって。私は飲みたくなかった。でも、しつこかったし、お酒の付き合いをするくらいで、うまく懐柔できるならと思ったから、一口だけ飲んだのよ。口紅が付いたとしたら、そのときね」

「だけど、君はその痕を拭き取らなかった」

ここで、僕は再び、言葉を挟んだ。わざと、唯が尾関を殺害したという前提で話していた。実際には、体力的に考えて、それは少し無理な気がしていたけれど。

「ええ、そんな余裕はなかったの」

唯は必死の面持ちで応えた。完全にいつもの余裕を失っている。

「どうして。そのあとのことを、詳しく話してよ」

「あの先生が諦めたと思ったのは、私が甘かった。彼、突然、立ち上がって、私の真横に座り、私の股を触り始めた。私、今日みたいなジーンズ穿いていたんだけど、そのジーンズのジッパーも下げられて、中に指を入れようとしてきた。『ああいう店に勤めているんだから、これくらい平気だろ』みたいなこと、言ってたわ。でも、私、泣きながら彼の手を振りほどき、必死で立ち上がって部屋から逃げたの」

「君が彼の研究室を逃げ出したのは、だいたい何時頃だったの？」

「六時過ぎだったと思う。興奮していたから、正確な時間は覚えていないけど」

だとしたら、尾関はそのあと三時間くらいは生きていたことになる。

「でも、逃げたりしたら、あの先生に秘密をばらされて、大学にいられなくなるとは思わなかったの」

「思ったわ。でも、耐えられなかった。だから、そうなってもいいと思ってたの」

「しかし、尾関先生は都合よく死んでくれた？」

言ったあと、僕は皮肉な笑みを浮かべた。

「そうだけど、もちろん、私が殺したんじゃない。あんなことになるとは思わなかったから、グラスにも口を付けたのよ」

「殺したんじゃない？ ということは、君もあれは自殺じゃないと思ってるんだろ」

僕は唯の言葉尻を捉えて、決めつけるように言った。

「だって、私と会っていたときのあの先生の様子からして自殺なんか――」

思わず本音を言いそうになって、咄嗟に言葉を止めたという印象だった。僕の問をはっきり肯定すれば、自分が殺したと疑われることを恐れているのだろう。

「それじゃあ、君が逃げ出したあと、誰かがその部屋に侵入して、彼を殺害し、自殺に見せかけたというの？」

僕は追い打ちを掛けるように言った。

「そうかもしれない」

唯は力なく言った。

「何だか都合がよすぎる解釈だな」

僕は嘲るように言った。僕にとって、唯が尾関を殺したのか、殺していないのかなんてどっちでもよかった。どんな形であれ、唯を追い詰めるのが目的だったのだ。

「本当よ。島本さん、お願いだから信じて。私はあの先生を殺していない」

唯は哀願するように僕を見た。

「僕は信じてもいいよ。だが、警察は信じるかな」

僕は、考え込むようにして呟いた。これも演技だった。しかし、唯の話がいささか非現実的に響くのも事実だった。

「警察は、あの日、私が尾関先生の部屋に呼ばれて、中で話したのを知っているの？」

唯は不安げに訊いた。その一瞬、息が詰まるほどの寒風が吹き上げ、僕は思わず目を閉じた。僕は紺のスーツ姿だったが、コートは事務室に置いてきていた。

「いや、知らないと思う。グラスの口紅から、女性の来客があったことは知ってるだろうが、それが誰であるかは分かってないんじゃない？　君がそのことを他の人に話してない限りは」

僕は言いながら、ここが重要な確認点だと感じていた。唯が学生部の他の職員などに話していれば、脅しの材料にはならないと思ったからだ。

「話してないわ」

「だったら、僕以外は君が、あの日、尾関先生の部屋にいたことは知らないと思うよ。君と尾関先生の接点を知っているのは、僕だけだからね」

僕はじっと唯を見つめた。唯は無言だった。僕は、さらに言葉を繋いだ。

「ただ、今聞いた話では、仮に本当であっても君の言うことを警察に納得させるのは難しいな。だいいち、そういう説明をするためには、尾関先生に脅された理由として、君のアルバイトのことを話さざるを得ないじゃないか。そしたら、下手をすると、大学の職を失った上に、殺人の嫌疑まで掛けられることになる」

「島本さんも、結局、私を脅してるの？」

唯は泣きべそをかいたような表情で力なく言った。僕は唯に対して憐憫の感情が湧き起こるのをぐっと堪えた。

「とんでもない。僕は君に適切なアドバイスを与えているだけだよ。君が、あの日、尾関先生の研究室にいたことは黙っていたほうがいいって」

「じゃあ、島本さん、黙っててくれるの？」

「黙っててもいい。でも、それには条件がある」

唯の表情に、落胆が広がった。結局、僕も脅しているのだ。僕は、さらに話し続けた。

「いや、条件と言っても、これはむしろ、君を安心させるための条件でもあるんだ。仮に、僕が今、君に『誰にも話さないよ』と言っても、君はその言葉を信用できるの？　信用できないでしょ。人間の口約束なんて、当てにならないものだよ。君が一番安心できる状況を作り出すためには、僕を共犯のような心境にすることだよ。例えば、このことで僕が君から、なにがしかのお金を受け取るとする。そうすれば、僕には恐喝罪が成立する。つまり、僕が君のことを誰かに話せば、それは僕の恐喝を告白することにもなるんだ。こういう状況って、君にとってかえって安心じゃない」

「要するに、お金を払えってこと？」

唯は興ざめた表情で言った。だが、そこに微かな安堵が隠見しているようにも見えた。

「ああ、平たく言えば、そういうことだ」

唯は、別の要求を予想していたのだろう。

「いくらなの？」

「五十万。いや、正確に言えば、四十四万円。君に貸した六万円があるからね」

僕はわざとせこい男を装った。実際、僕の言い方に唯は一瞬、呆れたような表情をした。

「そんなお金あるかしら。私、貯金、あまりないの」

「なければ、別の選択肢もあるよ。お金の代わりに、一日だけ、僕の恋人になってくれるだけでもいい。心身共にね」

唯の顔色が変わった。不意に強気な心が復活したように、唯は僕を睨み据えた。その顔は「やっぱり、それが目的だったのね」と言っている。

「それは嫌です。私、五十万、払います」

唯は硬直した表情で言い放った。僕に対する、生理的嫌悪感が最後に噴き出した恰好だった。

僕は心の中でニヤリと笑った。これで決心が付いたように思った。

こいつはやっぱり性悪女だ。僕は、自分のことは棚に上げて、そう考えた。

僕はふと顔を上げた。学生広場の通りを歩くベージュのコートを着た女性の姿が気になったのだ。柴田妙子だった。そう言えば、妙子は午前九時過ぎに事務室に電話を入れて、病院に寄って来るから、一時間ほど遅刻すると伝えてきた。

腕時計を見ると、およそ十時十五分である。従って、妙子がそのとき出勤してきたのは間違いなかった。しかし、妙子の歩いている位置は、僕たちのいる所から三十メートルくらい離れていたから、妙子が僕たちに気づいているようには見えなかった。僕は、ぼんやりと妙子が遠ざかる姿を見送った。

（8）

一月十三日（水）。唯は僕の要求通り、その日の巡回当番を申し出ていた。ただ、予想外な事態も起こっていた。巡回当番担当者に高倉も入っていたのだ。

僕は、文学部から二名出せば、その二人で巡回のコンビを組むことになるのは分かっていた。従って、中橋や希美や野田にも、その日は僕一人でいいと告げていた。文学部内の職員のローテーションや人数を差配するのは僕の仕事だったが、教員については関知することはできない。

教員とは言え、高倉が加わるとなると、同じ学部の僕と高倉がコンビを組む可能性が高くなる。それでは困るのだ。

僕は計画の中止さえ考えていた。単に唯とのコンビが難しくなったというだけではない。この段階で不意に高倉が巡回に参加してきたのは、何か意図があるように思えてならなかったからだ。いや、それほど明確な意図はないにしても、高倉が捜査協力のつもりで巡回に参加するとしたら、その中で計画を実行することは、この上なく危険なはずだった。

だが、僕はとりあえず、唯に金の受け渡しの中止を連絡することはせず、その日を迎えた。巡回の集合時間は、午後六時だった。

僕は十分前に教室棟二階の教員控え室に行き、テーブルの一角で、ローテーションを組んでいる、顔なじみの二名の学生部職員と話した。巡回時間と教職員の組み合わせが書かれたローテーション表を覗き込むと、やはり、僕と高倉がペアになっている。

唯の部分も確認した。唯の相手は、教育学部の男性職員だった。

その日は四学部が巡回に参加していたが、教職員が巡回する場所は、学生や教員が多い教室棟と研究室棟で、他の建物やキャンパスの公道は、警備会社の警備員が担当することになっていた。従って、四つの巡回班は、交互に休憩を取ることができるのだ。

もっとも、休憩と言っても、何か事件が発生したときに対処する役割を担っているわけだから、休憩班というよりは待機班と呼んだほうがいい。

一回目の巡回は、午後六時二十分から始まる。四十分刻みで、午後十一時まで続けられる。少し変則的なのは、三回目の巡回が終わる午後八時二十分以降は学生がいなくなるため、巡回場所は研究室棟一個所になることだった。

従って、職員間では適当に融通を付け合って、早く帰宅したいものは他の職員に頼み込んで、巡回チーム間でメンバーを交代することもよく行われていた。休憩班が待機班としての性格を持つのは、三回目の巡回が終了する午後八時二十分までで、そのあとは担当チームのメンバーと巡回本部の主要メンバーだけが残り、待機班は特に設けない。

従って、例えば、都合で早く帰りたい者は、前半の時間帯に誰かと交代してもらうこともある。その結果、交代を頼んだ人間が、八十分間連続で巡回することもあり得るのだ。

僕と高倉のチームは、最後の巡回が九時四十分から十時二十分の間に行われる六回目の巡回だった。七回目の巡回担当になってしまえば、終了は午後十一時だから、それよりはましである。しかし、この巡回スケジュールは少し微妙だった。

職員間では、未だに教員はあくまでもボランティアという不文律があり、教員をこんなに遅くまで残すのはまずいという意識が働くのだ。特に高倉は有名教授だから、なおさらだろう。

僕は最初、ここに唯を入れられないかと考えた。僕の計画を実行するには最善に近い時間帯だった。事件以来、女性教員のほとんど全員が夜遅くまで研究室に残ることはないので、研究室棟の女子トイレで巡回チームが他の人間に出会う可能性はきわめて低いはずである。しかも、研究室棟は本部のある教室棟の隣のビルだから、いざというときに本部の人間が駆けつけてくるのに、時間が掛かる。

だが、問題があった。女子職員が巡回に参加する際、比較的早い時間に終了するチームに入れるのが普通だった。実際、ローテーション表を見ると、唯のチームは午後九時四十分に終了することになっている。

それなのに、女性である唯を終了時間がより遅いチームのメンバーに入れることは、やはり不自然に思われる可能性があった。メンバー調整のレベルで、そういう作為が見えることが僕の計画にとっては最悪なのだ。

もう一つの選択肢もあった。一番大変な時間帯と巡回場所は、午後七時四十分から八時二十分に行われる教室棟の巡回だが、僕と高倉のチームがそこに当たっていたのだ。場合によっては、退校を巡って、学生と押し問答になることもある時間帯である。従って、その時間帯の教室棟は、巡回に慣れている強力なチームを当てるのが普通だった。

巡回参加の回数から言って、僕がそういう要員とみなされるのはやむを得ないだろう。しかし、研究者である高倉がそんな仕事に慣れているはずはなく、現実にそういういざこざが起きやすい時間帯に割り当てられれば、戸惑うに違いない。

そういう配慮から、そこは高倉を外し、そういう仕事に慣れていると一般に考えられている学生部職員の唯を入れたとしても、それほど不自然には思われないだろう。しかし、逆に、僕の計画を実行するには危険な時間帯だった。

学生がキャンパスの外に出なければならない午後八時前後の時間帯には、まだ結構学生が残っているのだ。特に、田崎と女子学生が殺された九月七日以降、四ヶ月以上の間、殺人事件は起こっていないと考えられており、最初は警戒していた学生たちも気の緩みが出るのか、巡回が始まった当初よりは構内に残っている学生が多いことが報告されていた。

そういうことを考えると、僕が犯行に及ぶ際、教室棟の女子トイレの中で誰かと鉢合わせになる確率は、遅い時間帯の研究室棟に比べて、遥かに高いように思われた。僕は判断に迷った。いずれの案も、等分の長所・短所があるように思われるのだ。

僕は最初の巡回は、高倉と一緒にやるしかないと考えていた。その後のことは、実行するかどうかも含めて、状況次第で判断するしかない。

午後六時ちょうど、僕が少し動揺することが起こった。高倉と唯が談笑しながら入ってきたのだ。実際は、教員控え室の前で偶然一緒になっただけかもしれないが、僕は二人の様子に、ある種の親密さを感じていた。

僕は高倉に目礼した。高倉もすぐに僕に気づき、軽く頭を下げた。唯のほうは、僕がいることは分かっているはずなのに、僕のほうを見ようともしない。

高倉は紺のスーツに黒のコートを着ていた。室内は暖房が入っているが、面倒なのか、コートは着たままだった。

唯は着ていた白のハーフコートを脱いで、高倉の横に着席した。黒のツーピース姿だ。スカートはミニ気味で、幾分薄い黒のストッキングを穿いている。インナーとして、白のブラウス。表情も引き締まり、うち沈んだ様子はない。全体的にきりっとした印象で、いつもの唯が復活していた。

僕は唯のテーブルの前に置かれた、小型の黒いバッグを凝視した。その中に五十万が入っているのだろうか。

すぐに担当学部の教育学部長が入ってきて、冒頭の挨拶を述べた。次に、学生部の職員から、ローテーション表と大学名が入った腕章が配られる。それから、無線機と懐中電灯。

死んだ田崎に代わって現場の総指揮官となっていた、二宮（にのみや）という総務課長が、その日の注意事項を述べた。目新しい内容はなかった。ただ、事件発生の際の符丁が、一〇四号から一〇五号に変わっただけである。

午後六時二十分。高倉と共に研究室棟の巡回を始めた。冬の一月だったから、日没は早く、窓の外は既に漆黒の闇が覆っている。

僕は緊張し始めていた。その日に計画を実行するなら、その巡回から、既に僕の計画にとって重要なシナリオが含まれているのだ。できるだけ自然な形で、三回目の巡回を唯と交代させる口実となる会話に高倉を誘導しようとしていたのである。

ベストなのは、高倉のほうから巡回時間帯の変更希望を、少なくとも仄めかしてもらうことなのだ。僕はそういう言質（げんち）が取れたときだけ、計画の実行を決意するつもりだった。

僕たちはゆっくりと一階の廊下を歩いた。僕が無線機を持ち、高倉は懐中電灯を携帯している。研究室棟と言っても、一階と二階は会議室しかなかったから、その時間帯は人通りはほとんどなかった。僕たちは事件とは無関係な差し障りのない話しかしなかった。

「先生にこんな仕事をさせてしまって、本当に申し訳ありません」

僕は言いながら、軽く頭を下げた。事務主任としての挨拶みたいなものだった。

「とんでもない。我々教員こそ、今まで事務の方に頼り切っていたわけですから、たまにはお手伝いしないと――しかし、慣れないことをやると、色々と分からないことがあるもんですね」

「例えば、どんな？」

「いや、まったくつまらないことですが、さっき大学の腕章を渡されたとき、どっちの腕に付けるのが正しいのかと迷っちゃいました」

高倉が笑いながら言った。

「そうですか。僕にも分かりません。どっちでもいいんじゃないですか」

僕も笑いながら応えた。僕は腕章を右腕に巻いていた。高倉を見ると、左腕だ。確かにどっちでもいい話だった。内心、それどころではなかったのだ。その会話はそれで終わりになった。

一階にある男女のトイレの巡回が終わり、二階の廊下に移ったところで、僕は巡回スケジュールに関する話を始めた。

「この巡回が終わると、四十分待機時間があり、七時四十分から、今度は教室棟で巡回しなければなりません。これが大変でしてね」

「と、おっしゃると？」

「教室棟にはまだ学生が結構残っていますから、八時までに退校するように促すのですが、なかなか言うことを聞かない学生もいるんです。それどころか、夜の学内にはいろいろととんでもない奴がいまして、僕と中橋君が巡回中、女子トイレでセックスしていたカップルを発見したこともありましたからね」

一番とんでもない奴は、未だに誰とも分からない当の殺人鬼のはずだったが、僕は故意にそういう深刻な話題は避けて、軽いほうの例を挙げた。

「そういうことがあったのは、私も聞いています」

高倉は、生真面目な表情で応えた。

「ですから、先生のような方にそんなくだらない仕事をおやり願うのは、大変気が引けるわけでして——」

「いや、そんなことは構わないのですが、ちょっと、私も困ったなとは思っているのですが——」

高倉は言い淀むように言葉を切った。

「どうかなさったのですか?」

僕は親身な調子で訊いた。

「実は、ある月刊誌にエッセーを書いたのですが、今日はその校了日でしてね。最終稿の校正を電話で編集者とやることになっているのですが、原稿が上がってくる時間帯が、ちょうど次の我々の巡回時間と重なっているんです」

僕は直感的にここだと思った。これなら、高倉の都合で巡回メンバーを交代したことになる。

「でしたら、先生、誰かと代わってもらったほうがいいですよ。あっ、そうだ。学生部の柳瀬さんはご存じですよね。彼女は、今日、唯一人の女性職員なんですが、早く帰してあげたほうが喜ぶんじゃないかな」

そう言いながら、僕はポケットからスケジュール表を取り出した。それを高倉にも見せながら、説明した。

「ほら、ここに柳瀬さんに入ってもらい、九時から始まる柳瀬さんのグループの巡回に先生が入ってもらえば、柳瀬さん自身の巡回は八時二十分で終了になります。先生のほうは九時から十時二十分まで二回連続して巡回に参加しなければならなくなりますが、七時四十分から九時まではフリーになります」

「そうですね。そうしていただけると、助かりますね。最終稿が上がって来るのは、八時前後と言われてはいるのですが、それは往々にしてもっと遅くなることもありましてね。それに微妙な表現などで編集者と揉めた場合、予想以上に時間がかかることもありますので、これだけ時間の余裕があると本当に楽なんです。ただ、八時二十分までは、巡回をしないメンバーも一応、待機する必要があるんでしょ」

「いや、大丈夫ですよ。そのあいだに都合で席を外す職員なんていくらでもいます。仮に何かあったとしても、本部メンバーが対応しますから」

「そうですか。それではそうさせてもらうかな」

「ええ、ぜひそうなさってください。先生には遅くまで残っていただかなければならず、その意味では誠に申し訳ないのですが」

「いや、私は遅い分にはまったく問題がありません。ところで、柳瀬さんには私のほうから——」

「いや、私が言います。学生部の担当者にも言う必要がありますから」

僕は慌てて遮るように言った。高倉に言われて、話の流れが妙なことになっても困るのだ。

「そうですか。宜しくお願いします」

高倉は、言いながら軽く頭を下げた。

これで実行できると僕は思った。改めて心臓の鼓動が強く打ち始めた。

(9)

「そういうことですので、柳瀬さん、次の巡回は僕と一緒に教室棟のほうに入っていただけませんか」

七時から二回目の巡回が始まる直前、僕は高倉と本部に詰める学生部職員の前で、堂々と唯に向かって言った。唯は、一瞬、躊躇したように見えた。しかし、すぐに高倉のほうに、にこやかな笑顔を向けて言った。

「大丈夫です。そのほうが私も早く帰れますので、かえってありがたいです」

この状況で計画を実行することは、かなり危険が伴うことは分かっていた。殺された人間が巡回の直前で、スケジュールとは異なる巡回配置に入っているのだから、警察がとりあえずこのことに注目するのは避けられないだろう。この交代に何か意味があると考える捜査官も出てくる可能性がある。僕は、真っ先に黒木の顔を思い浮かべた。

僕に嫌疑が掛かることは覚悟しておかなければならない。しかし、高倉だって同じ状況に置かれるはずである。僕ではなく、高倉の都合で巡回当番の交代が行われたのだ。それを印象づけるために、僕はわざわざみんなの前で堂々と巡回要員の交代を提案したつもりだった。

やがて、その日二回目の巡回が始まり、唯は教育学部の事務職員と共に姿を消した。僕と高倉は待機班として、教員控え室に残ったが、僕は高倉には近づかなかった。話をして、何かまずいことをぽろりと言うのを恐れていたのだ。

僕は知り合いの学生部職員のほうに近づき、どうでもいい雑談を始めた。実際、待機時間は退屈で、みんなその時間をもてあまし気味だった。

高倉のほうを見ると、鞄から校正用のゲラ原稿を取り出しチェックしている。

出払っていた巡回チームが、戻ってきた。いよいよ、三回目の巡回、僕にとってはその日二度目の巡回が始まるのだ。

僕の緊張はピークに達していた。その緊張感を振り払うように、僕はつかつかと唯に歩み寄り、みんなに聞こえる大声で言った。

「それじゃあ柳瀬さん、連続になってすみませんが、今から僕と一緒に教室棟のほうをお願いします」

唯は無表情で軽く頷いただけだった。生理的嫌悪感が露骨に見えていた。絶望的な気分になった。そういう唯の冷たい態度は、殺意の決定的な促進力になり得るのだ。

唯が不意に僕に対して優しい態度を示し始めたら、僕の決意は鈍るに違いない。殺人が現実味を帯び始めると、僕は無意識のうちにそれを止める不可抗力の力が働き始めるのを期待していたのだろうか。このまま行くと、僕は本当に唯を殺してしまいそうだった。誰か止めてくれ。僕は絶叫したい気分だった。

「本当にすみません。宜しくお願いします」

出入り口付近で出発の準備をしている僕たちの所に高倉が近づいてきて、もう一度礼を言った。

「とんでもありません」

唯が僕のときと違って、恐ろしく愛想よく応えた。

「先生、そろそろ遠慮なさらないで、研究室のほうにいらしてください」

僕も明るい声で高倉に言った。高倉は頷くと、教員控え室の外に出ていった。

「さあ、柳瀬さん、そろそろ出発しようか」

唯を促した。もう一組の研究棟チームは既に出発している。

僕は唯の返事を待たず歩き出した。唯は僕の後ろを無言で歩いた。巡回する室内には暖房が入っているので、コートは本部のテーブルに残してきたようだったが、小型の黒のバッグは持っている。巡回メンバーは、巡回に出るとき荷物を教員控え室のテーブルの上に置いていく者もいれば、持って出かける者もいる。

そのことについて特別なマニュアルはなかった。僕もコートは本部に置いてきたが、通勤用に使っているリュックを背広の上から背負っていた。

ネクタイも着用していた。あまり身軽な、動きやすそうな服装をするのは避けていた。

リュックには、普段は事務書類等だけでたいした物は入っていなかったが、その日はとんでもない物が収まっていた。新聞紙に包まれた出刃包丁だ。今、警察官に職務質問を掛けられて、リュックを調べられれば、僕は即、身柄を拘束されるだろう。

僕はそんな危険な代物を何とリュックの中に入れて持ち歩いていたのだ。その包丁は故意に殺害現場に残すつもりだった。それは五年以上前に、僕が調理用に買ったものだが、どこで買ったかさえ覚えていない。そもそも調理をすることなど滅多にないので、月日の経過の割には、それはさび付いておらず、まるで新品のような光沢を放っていた。

この出刃包丁に指紋さえ残さなければ、仮に現場に残したとしても、警察が僕に辿り着くのは難しいはずだ。唯を殺害したあと、その凶器を誰にも気づかれずに外に持ち出して廃棄するのは、ほぼ不可能と僕は判断していた。

着替えは用意していなかった。僕は唯を刺し殺したあと、唯を抱き起こして、積極的に自分の衣服に血をつけるつもりだった。もちろん、返り血をどの程度浴びるかにもよるから、その辺は臨機応変に対応するしかない。鞄の中に着替えを入れておいてその場で着替えることも考えたが、時間的な制約もあり、そんな芸当がうまく行くとは思えなかった。

一階ではかなりの学生が残っていた。廊下で談笑しているグループもいれば、教室内でサークルの会議らしいものを開いているグループもいる。僕たちはもうすぐ八時になるから、外に出る準備をするように警告して回った。

唯はいかにも学生部の職員らしく、学生たちの反感を買わないように愛想のいい態度で学生たちを巧みに誘導していく。唯の美しさのせいか、ことさら男子学生は唯の言葉に素直に従うように見えた。その光景を見ていると、僕は唯を殺すという自分の思考がいかにも荒唐無稽に思えてきて、一時的に緊張感が緩むのを感じた。

僕たちが四階の階段を上がっているとき、退校を促す学内アナウンスが流れ始めた。この辺りから教室棟に残る、学生の数が極端に少なくなり、一つのフロアで数名程度になった。

僕は女子トイレでは、点検は基本的に唯に任せ、僕自身は中に入らなかった。これは巡回者が二名とも中に入ることを求めているマニュアル通りではなかったが、唯に無用な警戒心を与えないためにはこのほうがいいと判断したのだ。

やるとしたら、最上階の八階と決めていた。本部のある二階から一番離れた位置にあることが絶対条件だった。ここまで計画したのだから、やるしかないと考え始めていた。それに、僕に対する唯の態度は、相変わらず冷淡そのものだった。

たまたま学生に出くわすと、唯はきわめて愛想よく振る舞った。しかし、学生がいなくなった途端、すぐに冷たい無表情に戻るのだ。

その対照はいかにも僕には皮肉に見えた。雑談を仕掛けても、ろくに返事もしない。僕は唯の態度に苛つき、殺意の導火線に火が点くのを感じた。

いよいよ八階に来た。フロアはしんと静まりかえり、その階に誰かが残っているようにはとても見えない。七階では男女のカップルが一組だけ残っていたが、僕たちの指示に従って、すぐに帰り支度を始めた。大学が流すアナウンスも既にやんでいる。

僕は緊張の極致に達していた。もはや、ゲームだとは思えなかった。ただ、計画通りに実行するという意識は希薄になり、この緊張感から逃れるためには実行するしかないと思い始めていた。これでは、まさに本末転倒だ。

八階には、階段を上がってすぐの所に、自動販売機のコーナーが置かれている。普通の時間なら、かなりの数の学生が集まる場所だったが、さすがに誰一人いなかった。

それから、教室を一つずつ点検していく。教室の扉を開けると、僕が「誰かいませんか？」と声を掛け、唯が懐中電灯で室内を照らす。そんな単調な繰り返しだ。

トイレを点検する前の最後の教室になった。緊張感のあまり、「誰かいませんか？」という僕の声さえ、若干、上ずっているように感じた。僕はそれを唯に気取られることを恐れた。

僕たちは男女のトイレの前に立った。僕は誰にでも緊張感が分かるような声で言った。

「このトイレの点検が終わったら、例の物を受け取るよ」

だが、唯は僕の緊張を恐喝という犯罪行為を実行しようとしている人間の緊張と受け止めたようだった。そして、僕にとって予想外のことを言い出した。

「分かったわ。じゃあ、ここの男子トイレは、島本さん一人でやってください。女子トイレは、私一人でやります。化粧を直したいので、少し時間が掛かると思います。だから、この外で少し待ってください」

今までは、男子トイレはマニュアル通り、僕と唯と二人でやり、女子トイレだけ唯が一人でやった。それを両方とも別々にやろうと言うのだ。しかも、化粧を理由に時間が掛かることを仄めかしている。

こんなとき、化粧を直すなど不自然だった。そう言って僕を油断させておいて、タイミングを見て、金など渡さず僕より先に本部に戻るつもりかもしれない。

そうはさせないぞと思う一方、そうしてくれたほうが、僕が殺人を実行しなくても済むという不思議な感覚にも陥っていた。この期に及んでも、僕はまだ迷っていた。

男子トイレに入った。ノックもせずに、二つある個室の扉を次々に開け放った。もちろん、誰もいない。

僕は背負っていたリュックを降ろし、中から新聞紙に包まれた出刃包丁を取り出した。その代わりに、手に持っていた無線機を中に入れた。

無声のフィルムで、自分の動きを見ているような感覚だった。明らかに躊躇しているのに、動きだけが勝手に素早く進んでいくのだ。心臓だけが激しい音を刻んでいる。

包丁の柄の部分は、新聞紙の上から輪ゴムで固定されていた。刃の部分も新聞紙が覆っているが、切っ先だけは剝き出しになっている状態だった。

僕はそれを右手に持ったまま、リュックを背負い直して、すぐに外に出た。やはり、唯の動きが気になってならなかった。僕が男子トイレ内にいた時間は、ほんの二、三分程度だろう。

外に出ると、僕は女子トイレの前に立ち、扉に耳を付けるようにして、中の様子を窺った。唯が個室をノックして行く音が聞こえてくる。僕は、左手で扉をそっと二、三センチ程度開け、中を覗き込んだ。唯の背中が見える。六つある個室の内、一番右端の個室をノックしていた。つまり、唯がノックする必要がある最後の個室だった。

意外なことが起こった。その個室にも誰もいなかったのだろう。唯はその扉を開けると、不意に中に消え、ロックする音が聞こえた。

唯の意図が分からなかった。僕に渡すべき、五十万という金を確認しているのか。だが、こうなると唯の意図などどうでもよかった。僕にとって、最大のチャンスなのは分かりきっている。今こそ、中に入り、唯が個室から出て来るところを襲うしかないのだ。

僕は思い切って、忍び足で中に入り込んだ。いや、というか、何かの目に見えぬ力に押し出されて、自然に体が前方に動いたと言ったほうがいい。

僕は唯が入ったはずの個室の前で、新聞紙に巻かれた包丁の柄を強く摑み直して身構えた。全身がぶるぶると震えている。田崎の死体を見たときのような、胃液がこみ上げてきた。まだ何も起こっていない、にも拘わらずである。

しかし、僕は目の前の個室から聞こえてくる奇妙な物音に、不意に体が弛緩するのを感じた。排尿の音だ。唯が排尿しているのだ。

ここでようやく「化粧を直す」と言った唯の言葉の意味が分かったような気がした。完全に、僕の深読みだった。現に、唯はその無防備な音を晒（さら）しているのだ。同時に水を流さないのが不思議だったが、その女子トイレ内には誰もいないと思い込んでいて、気が緩んだのだろう。

やがて、水を流す音と共に、下着を上げるような衣擦れの音が聞こえた。そういう一連の音に、僕が性的興奮を覚えなかったと言ったら嘘になる。僕は殺す前に唯を犯そうと夢想していたことを思い出した。しかし、そういう性的欲望も、唯を殺さなければならないという切羽詰まった緊張感の前では、すぐにかき消えた。

包丁を腰の辺りに構え、唯が出てくるのを待った。最初の一突きが重要だった。返り血を最小限に留めるためには、最初の一突きで致命傷を与えなければならない。心臓が壊れた洗濯機のような不規則音を刻んでいた。

ロックを解除する音とともに扉が開いた。唯の顔が見えた。僕は緊張感に耐えられず、体当たりするように包丁を突き刺した。唯の顔が引きつっている。悲鳴はなかった。恐怖のあまり、声さえ上げられない状態だったのか。

腰の辺りから血が滲み出るのが見えた。だが、それほどの出血には見えない。僕は唯を個室の中に押し込めようとして、もう一度突き刺そうとした。だが、唯は咄嗟に身を躱し、体を出口のほうに回り込ませた。唯の荒い息遣いが聞こえる。

間髪を入れず、左手を大きく振り回して、唯の胸を突き刺した。鮮血が飛び散った。いや、そう思っただけで、実際にどれくらいの血が飛んだのか僕には分からなかった。やはり、悲鳴はなかった。

唯は、出口に頭を向ける恰好で仰向けに倒れ落ちた。短めの黒いスカートが捲れ、黒いストッキングに覆われた太股が剝き出しになり、その奥の白い下着までが透けて見えている。だが、僕はいつもと違って、何も感じなかった。いつの間にか、真っ赤な血が白いブラウス全体を染めている。

僕は唯の胴体を跨ぐようにして、唯の顔を見下ろした。包丁を構えたままだ。

唯の顔は真っ青だった。いや、真っ白だった。その目から、大粒の涙がこぼれ落ちている。

「島本さん、ごめん――なさい！　許して――ください！　お金も――持ってきてます。ですから、これまでのこと――本当にごめんなさい」

唯は途切れ途切れの上ずった声で話した。雑音のようにぜえぜえと喉を鳴らす声が混ざった。

「何をそんなに謝りたいんだ？」

僕は自分でも驚くほど明瞭な声色（こわいろ）で訊いた。サディスティックな感情が湧き上がっていた。これまでの唯の意地悪な言動が、僕の脳裏を走馬燈のように走り抜けた。

「島本さんのことを馬鹿にするようなこと――」

僕は、唯に最後まで言わせなかった。

「じゃあ、やっぱり俺を馬鹿にしてたんだな」

僕はニヤリと笑った。かがみ込んで包丁を喉に突き立てた。ヒキガエルが踏みつぶされたような、重く鈍い悲鳴が上がった。目が吊り上がったまま、動かなくなった。荒い息遣いも消えた。ただ、血液がどくどくと流れ落ちる音だけがしばらく続いた。

僕はよろよろと立ち上がり、手洗い場の鏡の前に立った。墓場から蘇ったゾンビみたいな顔が映っている。それが僕の顔だと分かるのに、数秒を要した程だ。

顔に鮮血が飛び散り、手も血まみれである。僕は包丁を唯の頭近くの床上に投げると、まず両手を洗い、さらに顔も洗って血を洗い流した。

警察がこの洗面器を調べれば、血液反応を認め、犯人がここで血を洗い落としたことを知ることになるかもしれない。しかし、それが決定的に僕に不利な証拠になるのかさえ判断できなかった。

ただ、手と顔の血を洗い流してみると、思ったほど返り血を浴びていないことに気づいた。白いワイシャツの一部やネクタイにはすぐにそれと分かる程度の血痕が付着していたが、その他の部分は、少なくとも肉眼でははっきりと分からなかった。

外で男女の声が聞こえたように思った。その声は不意に僕を覚醒させた。柔道の絞め技で気絶した人間が、急に足腰がしっかりしたように感じるのに似ていた。

僕は咄嗟に床上の包丁から、ゴムを外して、新聞紙を剝がし取った。僕は、手先は器用だったから、包丁本体には触れず、新聞紙だけに触れて、それをすることができた。包丁はそのまま、そこに残した。それから、トイレの個室に走り、その新聞紙を手で引きちぎりながら流した。

僕は唯が横たわる場所近くまで戻り、外の気配に耳を澄ませた。若い女の声が聞こえた。

「ねえ、怖いからここで待っててよ」

「分かった。でも、急げよ。もう門限過ぎてるじゃん」

それに応える男の声。何ということだ。おそらく、女子学生が中に入ってこようとしているのだろう。例の金切り声（スクリーチ）を思い浮かべた。だが、僕にそんな芸当ができるはずがなかった。万事休すだと思った。

だが、諦めるなという別の声が僕の耳奥で響いた。僕は唯を、いや、唯の死体を抱き起こした。その吊り上がった目に向かって、大声で叫び掛けた。

「おい、大丈夫か。しっかりするんだ」

扉が開き、若い女が入ってきた。僕はもう一度同じ台詞を繰り返したあと、入ってきた女を見上げた。薄いピンクのコートを着た女が呆然として立ち尽くしている。右手に赤いバッグ、左手には自動販売機で買ったと思われるソフトドリンクのペットボトルを持っている。どこかで見た顔だった。そうだ。七階に残っていたカップルの女のほうだった。

僕はすぐに状況を理解した。帰るはずだった二人は、おそらく自動販売機で飲み物を買うために一階上にあがり、そのついでに、女のほうがトイレに行くと言い出したのだろう。

そんな状況は予測不可能だった。偶然は僕に味方していなかった。

タイミングのずれた悲鳴が響き渡った。その悲鳴を聞いて、外の男が飛び込んで来た。

やはり、あのカップルの片割れだ。男も中の光景を見て、声も出ない有様だった。

僕は大学名の入った腕章が相手に殊更見えるようにしながら、唯を抱いたまま叫んだ。

「巡回中にトイレ内に潜んでいた犯人に刺されたんだ。犯人は逃走した。君たち、協力してくれ。今から、二階の巡回本部に行って、ここの状況を伝えてくれ」

「二階ですか？」

男は掠れた声で訊いた。

「そうだ、二階だ、急いでくれ。それに救急車を呼ぶように言ってくれ」

唯はとっくに呼吸をしていなかった。だが、僕はまだ唯が生きているように振る舞った。

二人は、外に飛び出していった。二人は僕の言ったことを信用したように見えた。

そうだ。この調子でいい。僕は少し自信を回復した。このまま演技を続けるしかないと改めて思った。

僕はリュックを降ろし、中から無線機を取り出し、それを床上に三度ほど叩きつけた。

犯人と格闘になったときに、叩き落とされて壊れたというつもりだった。あの二人を連絡に使ったのは、無線機が壊れていたからだという言い訳が必要だった。

もちろん、無線機を使わず、彼らを本部に行かせたのは、時間稼ぎだった。本部にいる職員たちが、あまり早くここに駆けつけてくるようでは困るのだ。まだ、やることがあるように思えた。

僕は自分の体に付いている血痕量が少し少ないと感じていた。僕はもう一度唯の側にかがみ込んで、その体を抱き上げ、僕自身の体に血痕がさらに付着するようにした。あくまでも助け起こしたときに血が付いたことを強調するつもりだった。

だが、唯を二度目に抱いたとき、思わぬ感情が湧き起こった。おそらく、体のぬくもりと心地よい体臭のせいだったのだろう。僕は、突然、唯のことがいとおしくなったのだ。

僕は唯に頬ずりした。柔らかで、まだ弾力を失っていない皮膚の感触が僕を虜（とりこ）にした。本当は、唇を吸いたかったのだが、さすがに口紅が付くことを恐れてやめた。

それからしばらくして、外でがやがやという人々の喧噪が聞こえた。僕は覚悟を決めていた。

最初に飛び込んで来たのは、総務課長の二宮だった。その後に学生部の職員三名が続いた。

「こりゃひどい――」

二宮はトイレ内の情景を見て、絶句した。他の三名も顔面蒼白で、声もなく立ち尽くしている。

「救急車を呼んでくれましたか？」

僕は唯を抱いたまま、大声で言った。その声は我ながらリアルに響いた。

「呼んだ。警察もな。しかし、救急車は意味がないかもしれないな」

二宮の言葉に僕はようやく唯を静かに床上に横たえるようにして、立ち上がった。

「キャンパスの封鎖は？」

僕は犯人が逃げたということを強調するために、そう言った。

「もちろん、今準備している。警察もすぐに来る。どっちへ逃げたか分かるか？　このトイレを出たあとだが――」

「分かりません」

僕は即答した。予想して、答えを準備していた質問だった。僕は、さらに言葉を繋いだ。

「柳瀬さんの悲鳴が聞こえてから中に入り、犯人と鉢合わせになったんです。前と同様、目出し帽を被った長身の男です。相手と揉み合いになり、無線機も壊されました。そのとき、相手も包丁を落としたんですが、そのまま外に飛び出していきました。僕は柳瀬さんを救助するのに必死で、あとを追う余裕はありませんでした」

「じゃあ、柳瀬さん一人で中に入ったのか？」

二宮の声はマニュアル通りではないなと告げている。僕には、そういう若干非難がましい発言は、むしろこの場合ありがたかった。

「すみません。柳瀬さんが一人で大丈夫と言うものですから」

僕は、うち沈んだ声で応えた。そのとき、扉が開く音が聞こえた。僕は反射的に扉のほうを見た。高倉だった。結局、待機班の中に戻っていたのか。

「あっ、高倉先生――」

僕は呟くように言った。

「大変なことになりましたね」

高倉は、トイレ内を見回しながら言った。しかし、その口調は落ち着いていた。僕はそのとき、唯が入っていた個室の、開かれた扉付近に唯のバッグが落ちているのを見た。

愕然とした。そんなことにも気づかず、僕は唯を刺し殺したのである。

「先生、現場はこのまま手を付けずに、残したほうがいいですね」

二宮が訊いた。あまりにも当たり前の質問に思えた。

「もちろん、そうです」

高倉がいつになく厳しい口調で言った。

「それにしても、島本君、君も運がない男だな。二度も犯人と遭遇し、その度に相方が二度も殺されるなんて――」

ここで、二宮はようやく気づいたように言葉を止めた。さすがに、この段階で唯の死を認めるのは不謹慎と思ったのだろう。

高倉は無言だった。その視線は、床に落ちた出刃包丁を見据えていた。

僕の心臓は、相変わらず不規則な騒音を刻んでいる。

(10)

翌日、長時間に亘る、任意の事情聴取を受けた。大学内ではなく、日野警察署に呼び出された。だが、これも想定内だ。

僕に嫌疑が掛かるのは予想していた。僕が巡回当番のときに限って、事件が起こっているのだ。だから、僕は事情聴取に備えて、この部分を一番念入りに準備していた。

僕は言わば、二重のトラップを仕掛けていた。普通に考えれば、巡回チームの中に殺人鬼がいるとは考えにくい。しかし、巡回中に起きた殺人がいずれも僕の担当時であったのだから、警察は僕が裏を書こうとしてあえて殺人を実行したのだろうと考えるはずだ。

しかし、田崎と三宅加奈を殺したのは僕ではない。それが僕の反論のポイントだった。

僕がその犯人でない以上、僕をいくら追及しても決定的な証拠は得られない。そして、僕が田崎と加奈を殺していないという前提が成り立てば、唯も殺していないという推測も可能になるだろう。

僕はそういう判断不能の袋小路に捜査陣を誘い込もうとしていた。ボクシング風に言えば、たわんだロープにもたれかかって相手の攻撃をのらりくらりと躱(かわ)すロープ・ア・ドープを挑んでいたのだ。

そして、事情聴取は一見、僕の計画通りに進んでいくように見えた。

日野警察署二階の取調室。午前九時。事情聴取を担当する刑事は、やはり黒木だった。

黒木が静かに話したのは、最初のうちだけだった。すぐに豹変して、こう言い出した。

「あんた、警察が本当にそんなに間抜けだと思っているのか。いいか、よく考えてみろ。あんたの巡回中に、二度も事件が起き、三人の人間が殺されたんだ。その上、あんたは尾関教授の自殺予告電話を受け、郵送されてきた殺された女子学生の下着まで受け取っている。これがみんな偶然なのか。偶然にしては念が入り過ぎているとは思わないのか」

ある意味では待ち受けていた質問だった。僕は毅然として言い返した。

「偶然なら、そうでしょう。だが、これは偶然ではない」

「どういう意味だ?」

「黒木さん、僕がいったい何回、巡回当番をやったと思っているんですか。過去の巡回記録すべてが学生部に残っていますから、よく調べてください。他の人の何倍もの頻度でやっているんですよ。だから、僕が二件の事件に遭遇したのは、必然であって偶然ではない。統計学上の確率の問題でしょ」

「確率の問題?」

黒木は、若干、虚を衝かれたようにいまいましそうな表情をした。

「じゃあ、自殺の予告電話はどうなんだ？」

「それも答えは簡単です。僕が自殺の予告電話を受けたのは一回きりのことです。偶然と言うのは、同じことが何回か起こることを言うんでしょ。僕に被害者の下着が送られてきたことだって、一回しか起きていない」

「屁理屈だな」

黒木は嘲るように言った。しばらく沈黙が続いた。出入り口の扉近くに座る、記録係の若い刑事がパソコンを打つ音だけが室内に響き渡っている。

僕と黒木はスチールデスクを挟んで対座していた。小さな窓が一つだけ付いている、妙に薄暗い部屋だ。窓の外には、どんよりした曇り空が広がっている。

これが任意の事情聴取であることを忘れてしまうほど、その状況は容疑者の取調に酷似していた。まさに正念場だった。僕が唯の殺害を認めれば、その他の五件の殺人も僕の犯行にされる可能性さえあるのだ。そうなったら、僕は間違いなく、死刑にされるだろう。

「柳瀬さんの持っていたバッグに現金が五十万入っていたんですよ。どうして、そんな大金を持っていたんでしょうね」

黒木が不意に言葉遣いを改めて言った。やはり、唯は金を持ってきたのだ。

「そうなんですか。それは僕にも分かりません」

ここは知らぬ存ぜぬで、しらを切るつもりだった。

「柳瀬さんとは、随分親しかったそうじゃないですか」

やはり、そこから来るかと、僕は思った。できれば、田崎と三宅加奈の事件のほうから喋りたかった。その場合は、本当のことを正確に言うだけでいいのだ。だが、ここで話をはぐらかすのは、かえって黒木の勢いを強めるばかりだと判断した。

「業務上はいろいろと連絡を取り合っていました。尾関先生のセクハラ疑惑を巡って、学生相談室の柳瀬さんと文学部の事務主任である僕は、かなり微妙なことを話し合う必要がありましたから。しかし、個人的に親しかったわけではありません」

「そうかな。あなたと柳瀬さんが外で一緒に食事をしているなんて話もちらほら聞こえてくるんだけどな」

「もちろん、たまにはそういうこともありました。でも、それもあくまでも業務の一環です。学内で連続殺人が起こって、それを尾関先生のセクハラ疑惑と結びつけて考える人もいましたし、マスコミも学内に入り込んでいましたので、学内でそういうことを話すのは危険な状況でした。それに、事件のせいで僕も彼女も普段の二倍の忙しさになっていましたから、業務時間内ではなかなか時間が取れず、外で食事をしながら話し合うこともあったんです」

僕はこの説明も比較的落ち着いてすることができた。基本的な事実関係で嘘を吐く必要がなかったからだ。嘘を吐いているとしたら、心理的な部分だった。

「ただな、あんたが柳瀬さんに好意を持ってたんじゃないかという噂もあってね。もちろん、一方的にね」

黒木は、再びぞんざいな言葉遣いに戻って、皮肉な口調で言った。暗に僕と唯が釣り合いが取れていないと仄めかしているのだ。僕を苛つかせて、不用意な発言を期待しているのか。よくある取調手法だ。そんな手に乗るものか。僕は自分自身に言い聞かせた。

「それは柳瀬さんはいい人でしたから、悪い感情は持っていませんでした。しかし、特に好意を持っていたということはありません。あくまでも、仕事上のパートナーとして、いい人だと思っていただけです」

「しかし、あんたと彼女が揉めていたという証言もあるんだ。一月十一日の成人の日、この日は大学は休みではなく、授業があったんだってな。だから、事務職のあんたも出勤していた。その日の午前十時過ぎに、その人の話では、あんたと彼女が体育館の壁に背中を付けて話し合っているのを見た人間がいるんだ。その人の話では、何だか、柳瀬さんはとても困っている様子だったって言うから、あんた、交際でも迫ってたんじゃないの。まさに、その目撃者もそんな風な雰囲気だったと言ってるんだ」

誰が証言者かは分かっていた。柴田妙子だ。僕は、あの窃盗事件のことを思い浮かべた。妙子が、僕に不利な証言をしているのが意外だった。僕は動揺したが、それを押し隠して言い返した。

「しかし、その人は僕たちの会話を聞いたわけじゃないんでしょ。あのとき、僕たちは、やはり業務上の問題について非常に小さな声で喋っていましたから、その声が周囲の人に聞こえたはずはないんです」

「業務上の会話をそんなに小声でする必要があるのか？」

「もちろん、そうです。学生相談室に相談に来る学生のプライバシーに関わることが多い内容ですから、僕も柳瀬さんと話すときは声の大きさには気を付けていました。特に、こんな連続殺人事件が学内で起きているんですから、なおさらです」

僕は会話の中身も訊かれることを予想していたが、黒木はこの部分を攻めるのは、あまり筋がよくないと判断したのか、それっきりやめてしまった。

結局、その日、僕は昼食休憩の一時間を挟んで、午後の七時まで延々と事情聴取を受けた。途中、警視庁捜査一課の寺内が取調室に何回か入ってきたが、様子を見に来ただけという印象で、自分自身が聴取に加わることはなかった。それが僕にはいかにも不気味だった。

長時間の事情聴取で、多くのことを訊かれた。だが、僕は黒木が触れていない、あるいは触れようとしないことが二点あることに気づいていた。

一つは、唯がキャバクラでアルバイトしていたという事実についてだ。まだ、捜査がそこまで行き着いていないのか、それとも故意に伏せて(フェイス・ダウン)いるのかは分からない。だが、僕は何となく後者だろうと判断していた。

もう一点、訊かれなかったことは、唯の事件の当日に行われた巡回メンバーの交代のことだった。警察があのことに着目していないわけがない。だから、当然、僕の事情聴取と併行して、高倉に対する事情聴取も行われていることだろう。おそらく、その聴取内容を検討してから、それに関連する質問をぶつけてくるのだろうと僕は考えていた。

午後七時近くになって、僕が疲労を理由に聴取の終了を申し出たとき、黒木が案外あっさりとその申し出を受け入れたのは、まだ高倉に対する事情聴取が完了しておらず、周辺事情を固めきっていないからだろうと思っていた。ただ、黒木はその場で、翌日聴取を継続したいと申し出てきた。

僕は受け入れざるを得なかったが、大学の停滞している業務があるから、夕方からにして欲しいと主張した。業務が停滞しているのは事実だったが、それ以上に学内の様子を知りたかったからだ。落合や野田が、僕をどの程度疑っているのか気になった。

それから、恋人を殺された中橋の様子も知りたかった。唯が僕のことを中橋に話していた可能性はゼロとは言えない気がしていた。むろん、自分に都合の悪い部分は話さず、僕のストーカー行為のことだけを話していてもおかしくはないのだ。

結局、翌日、僕は夕方の六時に、再び、日野警察署に来る約束をした。僕の正念場は、まだまだ続きそうだった。

（11）

文学部事務室に入ると、すぐに恐ろしく張り詰めた雰囲気を感じた。僕はわざと少し遅れて入ったため、全員が揃っていた。

「主任、お早うございます」

最初に声を掛けてきたのは、希美だった。その声に合わせるように、中橋がいつもに似ぬ小声で「お早うございます」というのが聞こえた。ただ、妙子は俯いたまま、何も言わない。僕は「ああ、お早う」と短く応えただけだった。

少し離れた位置から、新聞を読む振りをしながら、僕のほうをちらちら見る野田の視線を感じた。やがて、覚悟を決めたような野田の声が聞こえた。

「島本君、ちょっと」

僕が野田のほうを見ると、野田は新聞をデスクの上に置き、既に立ち上がっていた。野田が僕と内緒話をするときのいつものパターンだ。

僕たちは事務室の外に出て、自動販売機の前で小声で話した。

「昨日は大変だったんだろ」

野田が、さも不安げに訊いた。僕を心配するというより、僕に何かの嫌疑が掛かることによって、自分にも降りかかってくる責任を気にしているような口調だった。

「ええ、警察は僕を疑っているみたいなんです。僕が巡回中に限って事件が起きているって、言うんです」

僕はずばりと言った。野田は絶句した。

「しかし、君は関係ないよな」

野田は、おろおろした口調で言った。その動揺ぶりは滑稽で、僕が笑い出したくなるほどだった。

「もちろんです。僕が巡回中に限って事件が起こるのは、他の人に比べて僕の巡回回数が圧倒的に多いからで、必然的なことだって、説明したんです。だが、どうも警察はまだ納得していないみたいで――」

僕は野田に対して、警察での事情聴取の模様をほぼ起こった通りに話した。それから、野田を通して、学内での警察の動きを探ろうとした。

「課長の所にも、刑事が来たんでしょ」

「もちろん、何度も来たよ。俺の所だけじゃない。加納さんや中橋君、柴田さんの所にも、何人もの刑事が入れ替わり立ち替わり来て、彼らを外に連れ出していろいろと訊くものだから、彼らも業務どころじゃなかったみたいだよ」

「課長には、刑事はどんなことを訊いたんですか？」

僕は野田の顔をまっすぐに見据えて訊いた。野田もさすがに嘘を吐けなかったのか、視線を逸らしながらも正直なことを応えたようだった。

「言いにくいんだが、君に関する質問が一番多かったよ。勤務態度がどうだとかね。もちろん、僕は君の勤務態度にまったく問題がないことを強調しておいたがね」

恩着せがましい表現が、相変わらず野田らしかった。

「ただね、気になるのは、刑事たちは高倉教授のこともかなり訊いたんだよ。学生からの評判はどうだとか、何かトラブルはなかったかという程度の、君に関するのと似たような質問でね。俺としてはまったく訳が分からんのだよ。警察は、高倉教授まで疑っているのかね？」

野田は、逆に僕の目を覗き込むようにして、僕の意見を求めてきた。

「さあ、それは分かりません。でも、今度のことでつくづく分かったことですが、警察というところは、とりあえず、何でも疑ってみるところなんです。誰が疑われたっておかしくありません」

僕の言葉に野田はますます不安そうな顔をした。誰が疑われてもおかしくないということは、野田が疑われることもあり得ると解釈したのだろうか。確かに、疑心暗鬼の連鎖が大学全体に広がり始めているように見えた。

「ところで、もう一つ驚いたことは、殺された柳瀬さんは、うちの中橋君の恋人だって言うじゃないか。君はそのことを知っていたのか？」

「ええ、知っていましたよ」

僕は故意にさらりと応えた。

「そうか。昨日から、中橋君、落ち込んでてね。自分の恋人が巡回中にあんなことになったのだから当然だけど。まあ、これは念のために言うんだけど、中橋君との妙なトラブルは困るよ」

これぱっかりは、意表を衝かれる発言だった。そんなことはまったく考えていなかったからだ。だが、冷静に考えてみると、野田の言うことも分からないわけではなかった。

唯が殺された状況から考えて、中橋が警察と同様、僕を疑うのはあり得ることだった。中橋が興奮状態で僕を問い詰め始めるシナリオも考えておく必要があるのかもしれない。

しかし、実際にはそんなことはまったく起こらなかった。確かに、中橋は元気がなかったが、僕に敵意を持っているという印象もなかった。僕は、思い切って中橋を昼食に誘ってみた。中橋は、あっさりと同意した。

僕と中橋は、ファカルティークラブへは行かず、大学近くの喫茶店で軽食を食べた。店内は適度に混雑していたが、座席は独立性の強いボックス型だったから、小声で話せば、それほど周りに聞こえる環境でもなかった。

「中橋君、こんなときに君にこんなことを言うのも本当に申しわけないんだが、僕は警察から疑われているらしい。君の恋人だった柳瀬さんも、僕と巡回中に殺されたため、連続殺人鬼の犯人が彼女を殺して逃げたという証言を僕の狂言だと考えている可能性がある。いや、もっと言えば、その連続殺人犯が、まさに僕だと思っている雰囲気なんだ」

「そんな馬鹿な！」

そう言った切り、中橋は絶句した。

「そんなわけないじゃないですか。本当に警察はそんな風に考えているんですか。主任の考え過ぎじゃないんですか」

中橋はしっかりした口調でこう続けた。

「そうだろうか。警察も直接そう言ったわけじゃないけれど」

確かに、あの長時間の事情聴取の中でも、黒木はどの事件についても「お前がやったんだろ」と言ったわけではなかった。

「そうですよ。そんなの主任の被害妄想ですよ。まあ、これだけひどいことが学内で連続して起きているんじゃ誰だってノイローゼになりますけどね。僕も昨晩はショックでほとんど眠れませんでした」

「そうだろうね。君は本当に気の毒に思うよ。お悔やみの言葉もないけど、恋人をあんな形でなくしちゃったんだから」

僕は、「殺された」という言葉はさすがに避けた。

「本当に今でも悪夢を見ているような気分なんです。でも、僕の気持ちは、悲しいというよりも、何だかあと味が悪いって、感じなんです」

「あと味が悪い?」

僕は訊き返した。意外な表現だった。

「ええ、こんなことは今言うべきじゃないかも知れないんですが、主任には言いたくなっちゃうんだな」

僕はぎょっとしていた。僕と唯の関係について、中橋が決定的な何かを摑んでいるのではないかと思ったのだ。だが、まるで違った。

「実は、僕、彼女と別れようと思っていたんです。それをどうやって切り出そうかと悩んでいる矢先に一昨日の出来事が起こっちゃったもんですから、とても複雑な心境なんです。不謹慎な言い方かもしれないけど、手間が省けたと言えばそうだけど、やっぱりきちんと話し合った形で、互いに納得して別れたかったですよ。でも、こうなっちゃったら、それも不可能ですからね。何とも言えず、嫌な気分なんだな」

「そうだったのか」

僕はため息を吐くように言った。軽い安堵感が広がってもいた。どうやら、中橋の様子からして、僕と唯の間にどういうことが起こっていたのか、気づいているようには見えなかった。それにしても、男女の仲とは不可思議なものだ。僕は唯と中橋がうまく行っているものと思い込んでいた。

「立ち入ったことを訊くようで悪いんだけど、どうして別れようと思っていたのかな」

「まあ。一言で言うのは難しいですけどね。もともと性格はそんなに合わなかった。彼女、見かけと違って、我が儘で喜怒哀楽が激しいんですよ」

「そうなの。そうは見えなかったけどね」

僕はあえて驚いて見せた。その実、中橋の言うことは実感としてよく理解できた。

「もちろん、僕のほうが我慢してたから、それで特に争いごとが起きるわけでもなかった。昨日も聞き込みに来た刑事さんにも言ったんですが、喧嘩することもほとんどなかったですからね。だから、たぶん、彼女は僕が別れ話を持ち出そうとしているなんて、全然、気づいてなかったと思いますよ」

「君は昨日聞き込みに来た刑事に、別れようとしていたなんて、言っちゃったの？」

「迷ったけど、言いませんでした」

「絶対、言わないほうがいいよ。警察という所は、とりあえず何でも疑って掛かるところだからね」

「そうなんですか。でもまあ、そんなことはどうでもいい気分ですよ。彼女はもう死んでしまったんですから」

中橋の最後の一言が、僕の心に重く響いた。確かに、唯はもう生きてはいないのだ。

（12）

僕は再び、日野警察署の取調室で夕方から事情聴取を受けた。取調官は黒木と記録係を務める若い刑事で、前回とまったく同じだった。

「柳瀬さんっていうのは、見かけの清純そうなイメージとは違って、なかなか派手な女性だったらしいね」

僕は黒木の最初の発言で、その日の取調の方向を察知した。たぶん、唯がキャバクラでアルバイトをしていたことを持ち出してくるのだろう。そうであれば、僕の予想通りの展開になりそうだった。

「そうなんですか？」

僕は、とぼけて訊き返した。

「わざとらしいな。知ってるんだろ。彼女が、就業規則に反して、キャバクラでアルバイトしてたことを。そして、あんたはそのことで彼女を脅してた。被害者のバッグの中にあった五十万はあんたに渡すつもりで、彼女が用意した金だった」

黒木は初めから、決めつけるような口調だった。僕は冷静に一つ一つ反論するしかなかった。

「柳瀬さんがキャバクラでバイトしてたのは、知っていました。だけど、それで脅したなんてことはありません。彼女のバッグにそんなお金が入っていたことも知りませんでした。だから、お金はなくなっていなかったんでしょ」

「知っていたら、取っていたということか」

「違いますよ。お金がなくなっていなかったということは、僕が脅してなかった証拠だと言ってるだけですよ」

黒木の揚げ足取りには、うんざりしていた。しかし、それはとりも直さず、彼が焦っている証拠にも思えた。

「どうして、彼女がそんなアルバイトをしてたことを突き止めたんだ？」

「別に、突き止めたというわけじゃありませんよ」

僕はそのあと、南雲から聞いた話を正直に話し、その後の「舞園」での行動についても、本当のことを話した。僕は、二日に亘る過酷な事情聴取を体験して、客観的な事実を語ることの強さを学んでいた。虚偽の証言はなるべく少なくして、肝心なところだけ嘘を吐けばいいのだ。不必要な嘘はマイナスでしかなかった。

黒木の追及は空回り気味だった。ロープ・ア・ドープ作戦は有効だった。僕はいかにもダウン寸前に見えて、黒木から決定的なダメージを与えられることは免れているのだ。

「まあ、これであんたが柳瀬唯の弱みを握っていたことははっきりしたわけだな」

黒木は総括するように言った。

「弱みを握ってた？　その表現も適切じゃないでしょ。彼女がそういうバイトをしてたってことなど、かなりの人の間で噂になっていたんですから。だから、僕も興味本位で『舞園』に行ってみたんです。そんなことちゃんと調べてくれれば、分かることです」

黒木は、無言で僕をにらみ据えただけだった。おそらく、その辺りのことは既に聞き込みで明らかになっており、僕の言うことはそうデタラメでもないことは分かっていたのだろう。実際、唯のアルバイトのことを知っていた者は、他にも複数いたことは間違いなく、そのうちの誰かが唯を脅して五十万用意させたという解釈も可能なのだ。

「ところで柳瀬さんが殺された当日、あなたの提案で、高倉教授と柳瀬さんは巡回の担当時間を交代していますよね」

黒木は、再び、丁寧な言葉遣いに戻って言った。これも、前回のパターンの踏襲だった。丁寧な言葉遣いと、ぞんざいな言葉遣いを交互に繰り返し、揺さぶりを掛けてくるのだ。

「ええ、でも、あれは僕の都合ではなく、高倉先生の都合だったんです」

「そうらしいね。彼はその時間帯に、電話で雑誌社の人間と校正の打ち合わせをする必要があったんでしょ」

さすがにその点も裏を取ってあるようだった。

「でも、交代要員として柳瀬さんの名前を出したのは、あなただって言うじゃありませんか？」

痛いところを衝かれた。確かに、高倉自身が交代要員として唯を指定したわけではないのだ。

「それはこういう事情があったからですよ」

僕は巡回のシステムを説明し、高倉の都合を聞いて、唯が巡回を早く終了できるように配慮したのだと主張した。それから、こう付け加えた。

「正直言って、『舞園』で会って以来、柳瀬さんとはちょっとしたことがあったもんですから、僕にしてみれば、それを修復するいい機会だという気持ちもありました。実は、僕が最初に『舞園』で彼女に会った日、いきなり、次の週、同伴して欲しいと頼まれたんです。僕は断り切れず引き受けましたが、その約束は、結局すっぽかされました。それで、かなり気まずい雰囲気になっていたんです。こんな大事件が学内で発生しているさなか、文学部の事務主任である僕と学生相談室の柳瀬さんは、仕事上もいろいろと連携しなければならないわけですから、僕としてはやはり仕事をやりやすくするという意味で、普通の状態に戻りたかったんです」

危険な発言なのは分かっていた。下手をすると、巡回メンバー交代に関する、僕の故意を認めたと解釈されかねない発言なのだ。しかし僕はこう言うことによって、高倉の交代相手として、僕が唯を選んだことに対する、より自然な理由付けを与えることができると判断していた。つまり、こう発言したところで、高倉の都合がなければ、メンバーの入れ替えは不可能だったのだから、それは故意と言っても、二次的な故意とみなされるはずである。

唯との同伴の件も、こちらから喋ってしまったほうが得策だと思っていた。黒木は、当然、その事実を摑んでいるに違いない。ひょっとしたら、僕が唯の携帯に残した留守電メッセージの内容も分かっているのかもしれない。唯の携帯は、おそらくあの五十万と共にバッグの中に入っており、警察は既にその記録を調べているだろう。

黒木はこの件について、さらにいくつかの質問をしてきたが、どれも言葉を換えて同じことを訊いているような質問だった。黒木は明らかに攻めあぐねている。僕は自信を持ち始めていた。

しかし、長い事情聴取はやはり苦痛だった。時々小さな窓の外に視線を走らせると、外の冬空は完全に闇の世界だった。記録係のパソコンを打つ音が妙に耳障りだ。これも前日とまったく同じだった。前日と違っていたのは、夕食休憩もなく、お茶の一杯も出されなかったことだ。

時間は次から次へと経過し、既に午前零時を回っている。まるで、前日のおさらいのように、唯以外の事件についても同じことが繰り返し質問された。任意の事情聴取など、とんだ絵空事だと思った。これは人権問題だ。

だが、唯の事件以外のことも並行的に聴かれることは僕にかえって安心感を与えた。黒木が唯の事件だけを切り離して考え始めることが一番危険なのだ。

僕は疲労困憊(こんぱい)し、頭も朦朧(もうろう)としていた。それは、黒木も同じだったのではないか。ネクタイをだらしなく緩め、言葉の一語一語に怒気が籠もるようになっていた。

「ところで、最後に一つ聞きたいんだが、尾関教授の件は、あんたはどう思っているんだ」

「どうも思ってませんよ。素人の僕に、そんなことを訊いてどうするんです？」

僕も苛ついた口調で、言い返した。その瞬間、黒木がニヤリと笑ったように感じた。僕は、不吉な予感を感じた。

「それもそうだな。じゃあ、一ついいことを教えてやるよ」

黒木が不意に立ち上がり、僕の耳元に近づき、囁くように言った。

「実は、柳瀬さんは、自分の恋人の中橋信二に、自分がある男に脅されていたと喋っているんだよ」

僕はぎょっとしていた。唯が中橋に、僕のことを喋った可能性は排除していなかった。だが、黒木の言ったことは僕の想像とは違った。

「尾関教授も、柳瀬さんがキャバクラのアルバイトをしていたことは分かっていたんだ。たぶん、あんたが教えたんだろ。彼もあんたと同じように『舞園』を訪問している。それで、その秘密を大学当局に知られたくなかったら、自分の言うことを聞けと脅迫されて、彼女は尾関教授の研究室に呼び出されたらしい。あんたも高倉教授から聞いたと思うけど、そのとき室内に残されていたグラスには、口紅が付いていたんだけど、それはおそらく、彼女のものだろう。彼女、無理矢理にウイスキーを飲まされたと中橋に言ってたらしいからね。あんたはたぶん、そういうことを全部把握した上で彼女を脅した」

そう言うと、黒木は僕のそばから一歩後ろに下がった。だが、自分の席には戻らず、立ったまま、普通の声で、いや、かえってより大きな声で喋り始めた。

「いいかよく考えてみろ。あんたの言う通り、彼女がキャバクラでバイトしていたということは、噂話としてはかなりの人間の間で広まっていたんだ。だから、それだけではたいした脅しの材料なんかになりゃしない。今時、若い女性がキャバクラでバイトするなんて、特に珍しい話じゃない。それは、大学の職員でも同じことだよ。だが、殺人が絡んでいるとなると、話は別だ。もちろん、尾関教授が自殺したのか、それとも殺されたのかは、いまだにはっきりしていない。ただ、あんたにとっては、そんなことはどうでもよかったのさ。警察があの事件を他殺と考える可能性を仄めかし、尾関教授の死の直前の訪問者である彼女が疑われる可能性に言及するだけで、十分だった。尾関教授の研究室を訪問したのが誰であるかを知っていたのは、恋人の中橋を除けば、あんただけだった。我々も、あの時点では正直、それが誰であるかは分かっていなかった。中橋は、もちろん彼女のことを考えてそれを秘密にしたが、あんたは逆にそれを使って彼女を脅した。自分の言うことを聞けってな。五十万はついでにもらおうとしただけで、本当は性欲のほうが勝ってたんじゃないか。まあ、中橋は見るからに持てそうな男だが、あんたは失礼ながら、女にはあまり縁がなさそうだからな」

またもや、僕を故意に怒らせようとする見え透いた作戦だった。だが、それどころではなかった。僕は初めて、黒木の向ける不可視の剣の切っ先が僕の心臓を正確に捉え始めているのを感じていた。黒木の言っていることは、基本的に正解だった。

同時に、中橋が唯と別れようと思っていたと僕に語ったことの意味がより鮮明に分かり始めた。切羽詰まった唯は、キャバクラのアルバイトで尾関に脅されていたことを中橋に告白したのは、間違いないだろう。それは中橋にとって、唯と別れようと決意する大きな動機となったはずだ。

僕は顔を強張らせて、沈黙した。黒木が再び近づいてきた。

「だから、こういう解釈も不可能じゃない。巡回を利用して、あんたは二つの物を手に入れようとした。金と柳瀬唯の体さ。ただ、抵抗されることも考えて、あんたは包丁まで用意していた。それで脅して、巡回中の女子トイレで彼女に服を脱がせようとした。誰もいなくなった学内は、あんたにとって最高の環境だった。しかも巡回という名目で、あんたは堂々と女子トイレの中に入ることができたんだ。だが、思った以上に抵抗されて、ついに彼女を刺し殺してしまった」

　僕は、ため息を吐きながら、首を横に振った。黒木が体を前傾させて、僕の目を覗き込んできた。

「違うと言うのか。じゃあ、こういうシナリオはどうだい。今の二つの動機に加えて、もっと決定的な動機もあった。何かの理由で、あんたは唯に、あんたが学内で起こっている連続女子学生殺しの犯人であることに気づかれてしまった。それで彼女を犯して、金を奪った上で、殺害しようという計画を立てた。犯人は例の猟奇殺人者で、自分じゃないと装ってな。だが、あんたの言う目出し帽の長身の男はどこにも逃げた痕跡がない。それがあんた自身と考えれば、みんな納得がいくんだ」

「馬鹿馬鹿しい！　僕はもう帰らしてもらいますよ。これは任意でしょ。それなのに、人権問題だ！」

　僕は大声で叫んで立ち上がった。演技もあったが、黒木の追及に心底恐怖を感じたのも事実だった。唯殺しだけでなく、僕とは無関係な他の殺人の罪を被りそうな状況だという自覚はあった。そんなことは織り込み済みだと思っていたにも拘わらず、現実にそうなりかねない事態に追い込まれると、僕は自分がそこまで達観していたわけではないことに気づいたのだ。死刑という二文字が僕の脳裏に浮かんだ。

「馬鹿野郎。お前を帰すほど警察は甘くないよ。さっさと言っちまえよ。今日は、一件だけで許してやるからさ。柳瀬唯を殺したのは、私ですって」

黒木に胸ぐらを摑まれて、体が浮き上がるのを感じた。もの凄い力だった。椅子が倒れ、一気に後ろまで押され、強く体を壁にぶつけられた。それでも、黒木は両手で僕の胸ぐらを摑んでいた手を離さず、さらにぐいぐいと絞め上げてくる。ネクタイが縺(もつ)れ、その結び目が黒木の指に圧迫されて、僕は喉仏がつぶれそうな苦しさを感じた。叫ぼうとするが、声が出ない。

記録係の若い刑事が驚いて立ち上がり、「黒木さん」と掠れた声で叫ぶ情景が、僕の網膜を掠め過ぎた。そのとき、出入り口の扉が開く音がした。黒木がようやく手を放して、振り返った。

寺内だった。前回は、何回か出入りを繰り返していたが、その日に入ってきたのは初めてだった。

寺内は室内に入ると、まず倒れた椅子を直し、それから無表情のまま僕たちのほうに近づいてきた。一層の恐怖を感じた。寺内もこの暴行に加担するつもりなのか。

だが、意外なことが起こった。寺内は、僕と黒木を分けるようにして切り離し、僕に向かって丁重な口調で言った。

「島本さん、本日は長い間、ご協力ありがとうございました。随分、遅くなってしまい申し訳ありません。もうお引き取りいただいて結構ですから」

「しかし、寺内さん、こいつは――」

黒木がたまりかねたように言った。

「いや、これ以上の聴取は認めない」

寺内は、毅然として黒木の言葉を遮った。本庁の刑事の威厳を初めて見せた瞬間だった。

黒木は依然として不満そうだったが、それ以上、言葉を発しなかった。

「どうせまた、明日にでも呼び出して、こんな無茶苦茶な取調をするんでしょ」

僕はずれてしまったネクタイの結び目を正常な位置に戻しながら、苦しそうに言った。

「いえ、今日の明日では島本さんもお疲れでしょう。もう詳しくお聞きしましたので、明日は結構です。また後日、少し落ち着きましたら、補足的な事実をお伺いすることはあるでしょうが――」

僕は寺内の言い方に拍子抜けした気分だった。黒木も予想外な展開に呆然としている表情だった。

あまりにも唐突な事情聴取の打ち切りだ。しかも、黒木の様子からして、彼が寺内の動きと連携していたとも思えない。

そのわけは分からなかった。しかし、疲れた頭で、何か重要な事態が発生したのではないかと考えた。僕と同じように事情聴取を受けているはずの高倉の顔が浮かんだ。

(13)

僕が大学へ出勤したのは、翌週の火曜日だった。土、日はもともと休みだったが、月曜日も僕は「体調不良」を理由に休みを取った。つまり、あの厳しい事情聴取のあと三日連続して大学へ行かなかったことになる。

一月十九日（火）、僕が文学部事務室に入ったのは午前九時だった。いつもより、三十分早い出勤だ。なるべく、人に顔を見られたくなかった。

僕が自分の執務デスクに座ったとき、室内にはまだ、誰も出勤していなかった。だが、十分後に妙子が出勤してきた。

妙子は気まずそうに視線を落とした。しかし、僕に盗みの現場を見られて以来、そんな反応が普通だったから、妙子が警察に喋った目撃情報を意識しているのかどうかは分からなかった。

僕も妙子から視線を逸らし、既に立ち上げていたパソコンの画面を見つめた。

「主任、お早うございます」

耳元で聞こえた声に顔を上げた。妙子だった。自分の席に直接着かず、出勤用のバッグを持ったまま僕の席に近づいて来たようだった。

「ああ、お早うございます」

僕はけだるそうに応えた。特に、妙子に不機嫌に振る舞ったわけではない。状況から考えて、上機嫌になれるわけがなかった。僕は、相変わらず大きな謎の中にいた。

もちろん、あれで嫌疑は完全に晴れたなどと甘いことを考えていたわけではない。唐突な事情聴取の打ち切りが、僕に有利に働いているのか、そうでないのかさえはっきりとしなかったのだ。その結果、僕は不安で胸が押しつぶされそうになっていた。

「先週は大変だったんですね」

妙子が言った。近づいてきた以上、何か話があるのだろうとは思ったが、そんなことを言い出したのは意外だった。

「ああ、ひどい目に遭いましたよ。さんざん、犯人扱いされて——」

「申し訳ありません」

唐突な謝罪だった。僕はわざと意外そうな表情をして、訊き返した。

「申し訳ない？　どうしてあなたが謝るんですか？」

「実は、私、刑事さんに訊かれて、とんでもない証言をしてしまったんです。島本さんが柳瀬さんと体育館の前で話していたと証言したんですが、そのとき二人は揉めていた雰囲気じゃないかと言われて、そうだと言ってしまったんです。お二人が何を話していたのかまでは聞こえなかったのに、刑事さんの口調がすごく威圧的だったんで、思わずそうだと言ってしまったんです」

「ああ、そのことか。別にそれでどうってことはなかったから、気にすることはないですよ」

「でも、私、本当のことを言うと、島本さんに恥ずかしいところを目撃されて、そのことが頭から離れなかったんです。だから、ふと島本さんが警察に捕まって、永遠に戻って来なければいいと思ってしまったんです。島本さんに情けを掛けてもらったのに――私、あのとき本当にどうかしていて、自分が自分じゃないような変な感覚だったんです。もちろん、どんなに言い訳しても、通ることではないのは自分でも分かっているんですが――」

「柴田さん、そのことは本当にもう忘れてください。誰にだって、気の迷いはありますよ。それに、僕が掛けられている嫌疑も、あなたの証言とはあまり関係がないんです」

僕は、何故か妙子に対しては、これまでになく優しい気持ちになっていた。妙子は、目に大粒の涙を溜めて、頷いた。そのとき、他学部の職員が何人か出勤してきたので、僕は目で妙子に自分の席に着くように促した。

文学部事務室だけでなく、他学部の職員でさえ、異様に緊張した雰囲気だった。その原因は、もちろん、この僕である。

僕が警察で厳しい事情聴取を受けていることは、文学部だけでなく、他学部の職員にも知れ渡っていたのだ。それに加えて、新聞では琉北大学で再び事件が起こり、女性職員一人が殺害されたことが大々的に報じられていたのだから、誰も事件のことなど口にできる雰囲気ではなかった。

特に、文学部事務部は通夜のような雰囲気だった。もっとも、文学部事務と言っても、その日は課長の野田と僕以外には、希美と妙子が来ているだけだった。アルバイトの大学院生二名は、もともと業務のない日だった。希美の話では、さすがに中橋も落ち込みがひどいらしく、昨日と今日、連続で休みを取ったらしい。無理もないと僕は思った。

希美もしきりに、恋人を殺された中橋の精神状態を心配していたが、僕にも気を遣っているのはよく分かった。希美だけではない。野田でさえもいつになく緊張した表情で、課長席から僕のほうをちらりちらりと見ていたが、僕に話し掛けてくることはなかった。要するに、僕は針のむしろ状態だったのだ。

そんな状態で午前中は過ぎ去り、すぐに昼休みの休憩時間となった。僕はとりあえず、事務室の外に出た。

正門の近くで、前を歩く、僕の知らない二人の若い女性職員が会話している声が聞こえてきた。

「ねえ、知ってる。先週の金曜の晩、またクラブハウスの女子トイレで若い男が捕まったんだってよ。今度は盗撮だって」

「へえ、でも、殺人よりは盗撮のほうがましよね」

「それもそうね。こんなに殺人ばっかり起こったんじゃ、受験生も激減するから、ボーナスも危ないって噂が出てるわよ」

「それ、まじヤバイじゃん」

僕は苦笑した。大学内で盗撮犯が捕まることは、そんなに稀なことではない。しかし、確かにこんなに殺人事件が連続して起こる大学は、日本のどこにも見つけることができないだろう。だが、僕はその二人の会話も、どこか人ごとのように、さして関心を持つこともなく聞き流した。

いつもの喫茶店でコーヒーだけを飲み、僕は再び事務室に戻った。腕時計を見ると、十二時四十分だったから、十分遅刻だ。普段なら、誰もその程度の遅刻を気に留めることはなかっただろう。だが、その日は違った。

僕が事務室に入った途端、野田がかなりの大声で僕の名を呼んだのだ。

「島本君、何してたんだ。さっきから探していたんだよ」

いつも手招きをして僕を呼びつける野田が、自分のほうから近づいてきたのだ。それから、室内のみんなが注目して見ていたにも拘わらず、僕の肩を抱くようにして外に連れ出した。

「今から、すぐに学部長室に行く。大変なことが起こったんだ。どうやら、連続殺人犯が逮捕されたらしい。自供もしていると言うんだ」

事務室の外に出た直後、野田が早口の小声でまくし立てるように言った。度肝を抜かれた。あまりにも天から降って湧いたような話だった。

「それ、本当なんですか。じゃあ、犯人はうちの関係者なんですか」

「いや、学部長とはさっき電話で話したんだが、具体的なことは一切言わないんだ。とにかく、君と二人で学部長室に来てくれと言っただけなんだよ。詳しくは、それから話すそうだ」

僕らは、それっきり黙りこくって歩いた。様々な思念が途切れることなく、僕の脳裏を巡っていく。捕まった犯人とは誰なのか。

僕は確信していた。そのことは、明らかに先週の事情聴取が唐突に打ち切られたことと関係があるのだ。あの遅い時間に、犯人は逮捕された。いや、逮捕自体はもっと早い時間だったのかもしれないが、僕が解放された時間に決定的な自供をしたのではないか。それで、捜査本部も僕を強権的に取り調べるわけには行かなくなった。

やはり、高倉のことを考えた。尾関が死んだ今、彼以外には有力な犯人候補は考えられなかった。彼の行く先々で、殺人が起こるという印象は払拭し切れていなかった。

研究室棟八階の学部長室のソファーで、僕と野田は落合と対座した。落合の緊張した表情は、傍目にも分かった。しかし、落合は性急に結論を話すことはせず、ゆっくりとした口調で話し始めた。

「実は先週の金曜の晩、クラブハウスの女子トイレで、警戒中の警備員が痴漢を捕まえたんだ。個室に忍び込んで、隣の個室に入ってくる女子学生をスマートフォンで盗撮していたらしい。総務課の話では、そういうことはたまに起こり、たいがいは外部から侵入した人間が犯人であることが多いそうだ」

僕の脳裏に、先ほどの女性職員二名の会話がぼんやりと浮かぶ。だが、その話と犯人逮捕の関連が、うまくかみ合って来なかった。

「ところがね、今回は違った。犯人は学内者だった。しかも、警察がその男が持っていた鞄の中身を調べたら、その中から出刃包丁と上下の着替え、それに目出し帽が出てきたというんだ」

落合は一呼吸置いた。野田も僕も無言だった。異常な緊張感だけが静寂(しじま)を支配していた。

「そして、その男は、警察の追及に、ついに私たちの大学で起こっているすべての殺人を自供したのだ。柳瀬さんの殺害も含めてね」

そう言うと、落合はちらりと僕に視線を投げた。君の疑いは晴れたと言いたいのだろう。だが、僕は自分が唯殺しの犯人であることを誰よりもよく知っているのだ。

「いったい、それは誰なんです？」

野田が、たまりかねたように訊いた。落合が奇妙に抑揚を抑えた口調で、その苗字を口にした。

一瞬、何とも言えない不可思議な沈黙が室内に行き渡った。高倉ではなかった。僕のよく知っている男だった。だが、僕は落合が何の話をしていたのか、忘れてしまうほど混乱していた。

「そんな馬鹿な」

野田が、呟くように言ったきり、絶句した。

「そうだ。まったく予想外な結果だった。しかし、教員や学生ではないとは言え、学内者が犯人であると判明した以上、これが大変な事態であることは間違いない。警察の捜査が進めば、おいおい詳しい事情が明らかになってくるだろうが、それを待ってから、大学として事態に対処するのでは遅い。そこで、今日、あなた方二人に集まってもらったんだが――」

落合の話は続いていた。だが、僕の耳には、それは意味のある言葉としては聞こえていなかった。やがて、音声自体が遠ざかり始めた。

僕は野田と同様、心の中で呟いていた。そんな馬鹿な。どうして、あの男が犯人でなければならないのだ。しかも、唯殺しも自供しているという。

そうだとすれば、僕が殺したあの女はいったい何者だったのだ。僕の意味不明な思考は延々と続いた。

（14）

中橋が逮捕されてから、およそ一ヶ月が過ぎ去り、二月に入っていた。新聞、テレビ、雑誌などのあらゆるメディアは、この一ヶ月間、ほとんど途切れることなく、琉北大学で起こった連続殺人事件を大々的に報じている。唯の分も含めれば、七人もの人間が大学に勤める職員に殺害された可能性があるというのだから、マスコミの狂乱ぶりも無理はないのだ。

殺された四人の女子学生は、いずれも中橋と付き合いがあったことが判明していた。中橋はその整った容貌を活かして、次々に被害者たちと関係を結んでいたのだ。

百合菜の場合、文学部事務室に単位のことで相談に来たのがきっかけで、付き合いが始まったらしい。だが、僕たち文学部職員はそんなことにはまったく気づいていなかった。あの中橋ウオッチャーの希美でさえも。

中橋は、四人の女子学生との断続的な交際中も、三年間に亘って唯との関係を続けていた。やはり中橋にとって本当の恋人は唯だったのだろう。ただ、逃走のためにやむを得ず殺した田崎を除けば、四人の女子大生殺しの動機も明らかにされていない。

しかし、中橋は殺害の経緯だけはかなり具体的に供述していた。四人とも、女子トイレ内でセックスしようと誘い、トイレ内の個室で殺害したというのだ。「スリルを味わおうよ」という中橋の誘い文句に、四人とも最初は抵抗を示したが、結局は応じている。

百合菜の場合、セックスした上で殺害し、下着を奪い取ったのは、加害者と被害者の間に接点のない猟奇殺人に見せかけるためだった。だが、他の三人はいきなり殺している。その理由も明らかではないが、中橋は西洋の童話に出て来る「青ひげ」のような快楽殺人鬼で、殺すこと自体が目的だったと考えることも不可能ではない。

実際、四人との交際期間は、一週間から二週間くらいと極端に短く、最初から殺害目的で被害者たちに近づいたという解釈も可能だろう。同時に、短い交際期間は、周囲に関係を知られるのを防いでもいたはずだ。

被害者の中には、ツイッターなどで、中橋の存在を臭わせる者はいたが、「長身のかっこいいカレシ」というような書き方で、実名は出ていない。

中橋は逃走経路についても供述していた。殺害後、用意していた目出し帽を被って逃走し、教室棟裏にある杉林の中に入り込んでバッグの中に入れておいた服に着替えた。しかもこの杉林からは、低い塀を乗り越えれば公道に繋がる間道が出ていて、そこを通って外に出たらしい。警察も現場検証し、このルートを確認している。

例のスクリーチについては、最初の殺人で外からの侵入者を防ぐために、咄嗟に出した裏声の奇声が逃走に役立ったため、その後も繰り返したと供述した。ネット上でもそのスクリーチが話題になっていたから、異様な声によって猟奇性がますます高まり、犯人は無差別殺人を実行する異常者というイメージを与える効果は、意識していたらしい。

中橋は尾関の殺害も自白していた。事務室にいる僕に偽装電話を掛けたことも認めた。しかし、唯から尾関の脅迫行為に関する相談を受けてはいたが、それが尾関を殺した動機ではないと主張した。やはり、一連の女子大生殺しを尾関の仕業と見せかけ、殺人事件の捜査をいったん終結させるのが狙いだったという。

中橋は巡回の待機時間中、トイレに行く振りを装い、尾関の研究室に行った。そして、事務上の話があると嘘を吐いて研究室の扉を開けさせ、尾関が締めていたネクタイを利用して絞殺した。唯では不可能と思われた偽装工作も、圧倒的に優れた身体能力を持つ中橋には不可能とは言えないだろう。

唯を殺したのは、キャバクラでアルバイトをしていた唯が恋人としてどうしても許せなかったからだと供述しているようだ。

不思議な供述だった。動機はともかく、そもそも唯を殺害したという供述自体が事実と合わないのだ。それはまるで、僕が彼の手足となって、殺人を実行したかのようだった。僕には、何故中橋がそんな虚偽の供述をしているのか、見当が付かなかった。

さすがに唯の殺害に関しては、細かいことは供述していないらしい。やってもいないのだから、下手に喋るとぼろが出ることは自分でも分かっているのだろう。

既に大学入試が始まっていた。だが、これについても予想外なことが起こっていた。受験生が激減すると思われていたのに、逆に昨年度入試に比べて三割も増加していたのだ。普通なら琉北大学の受験は無理と考えられていた偏差値の低い受験生が殺到したのが原因だという。予備校などの受験メディアが、琉北大の偏差値が恐ろしく下がることを予想していたからである。

学部長の落合など苦笑混じりに「皮肉なものだな。これで来年度はとてつもなく成績の悪い学生を教えざるを得ないな」と言っていた。ただ、財政的破綻はとにかく免れたのだから、満更でもなさそうだった。

中橋逮捕後、黒木でも寺内でもない複数の刑事が文学部事務室に何度かやって来て、細かな補足的事実を訊かれたが、どれも中橋に関連するものばかりで、中橋の供述の裏を取っているようにしか聞こえなかった。日野警察署に呼び出されることも、あれ以来ない。

だが、僕の疑心暗鬼は消えなかった。警察は僕を油断させているだけかもしれない。捜査本部の動きがどうしても知りたかった。

もう一度高倉と話したい。その願望を抑えられなくなった。高倉と会えば、警察の捜査の動きがそれとなく分かる気がした。唯との巡回当番交代の経緯から言って、彼自身が相当詳しく捜査本部から事情を聴かれたはずである。

口実はある。唯の殺害に関して、当初、僕が疑われていたことは、学内の多くの人たちに知れ渡っていたから、これまでの協力に関する感謝の挨拶と共に、中橋の逮捕によって、僕の嫌疑が晴れたことを報告するのは、それほど不自然ではない。

だが、大学入試が始まったことによって、僕の忙しさは加速されていた。これまでに溜まった業務に加えて、入試業務も加わるのだ。おまけに中橋はいない。

大学は緊急措置として臨時の職員二名を新たに雇い入れていたが、これまでの蓄積がないのだから、主任の僕がいちいち最初から説明しなくてはならない。二人と言っても、能力的には一人分にも満たなかった。

だから、高倉に会おうとしても、なかなか時間が見つけられない。だが、僕は急ぎたかった。それで思い切って高倉の家に電話して、夜の訪問を申し出たのだ。もちろん、僕の置かれている状況を話し、夜しか空いている時間が見出せないことを説明した。高倉はあっさりと同意した。高倉は僕にまったく疑いを抱いていないのかもしれない。

二月十七日（水）。その日は仏滅だった。

僕はJR中野駅から、高倉の自宅マンションまで歩く間、唯のことをぼんやりと思い出していた。それまで忙し過ぎたことは、むしろいいことだった。僕は少なくとも日中は仕事に紛れて、唯を殺したことを意識に上らせないようにすることができた。

だが、その日も恐ろしい夜の帳が降りようとしていた。夜な夜な地獄のような煩悶が僕を苦しめていた。殺した唯の断末魔の表情が、白い無声の画像となって、僕の網膜の奥で何度も反復される。殺したときは、その表情を恐ろしいとは感じなかった。だが、その残像は、月日の経過と共に、不可視の真綿のように僕の喉を締め上げてくる。

僕はその苦しみから必死で逃れようとした。アルコールを大量に飲んで、すぐに床に就く。だが、何故かアルコールは利かず、結局、一睡もできず、朝を迎えることもある。

しかし、そのとき、道すがら僕の頭に浮かんでいたものは、そういう不安や恐怖というのでもなかった。僕は唯のことを、半ば懐かしいような気持ちで思い出していた。唯も死んでしまえば、仏だった。唯を憎む気持ちはとっくに消えている。

僕は中橋が逮捕されたことにより、正常な自分を取りもどしたように感じていた。それは唯に対する贖罪（しょくざい）の感情が一層強く湧き上がる瞬間でもあった。

僕は、新宮から上京した唯の母親が大学に挨拶に来た話を、野田から聞いていた。警察で遺体を確認した帰りだったという。

野田の話から、唯が母一人娘（こ）一人の母子家庭に育ったことを知った。僕と同じ環境なのは意外だった。慶應大学に在籍中は、奨学金とアルバイトでがんばり、卒業するまで母親からは、一切、経済援助を受けなかったそうだ。母親もパートの仕事しかしておらず、経済的には苦しかったらしい。この話は僕の気分を一層沈ませた。

唯に僕の成育環境のことは話していたが、唯のほうはそんなことは一切、言わなかった。僕と違って、学歴エリートとしてのプライドがあったのだろう。

のぞき間からくりの美人画のように、唯の顔が僕の脳裏を流れていく。不意に耳元で、唯の最後の哀願が響いてきた。

「島本さん、ごめん――なさい！　許して――ください！　お金も――持ってきてます。ですから、これまでのこと――本当にごめんなさい」

唯は泣きながら謝っていた。もちろん、死にたくなかったから、心にもないことを言って謝ったのだろう。だが、とにかく、恥も外聞もなく哀願したのだ。何故、許してやらなかったのか。歩きながら、僕は頬に涙が伝わるのを感じていた。

（15）

高倉のマンションの明かりが見えたとき、僕は再び、あくまでも逃げおおせようとする犯罪者の強い気持ちに逆戻りしていた。罪は十分自覚していた。ただ、唯の菩提を弔いながら一生を過ごそうなどと、虫のいいことを考え始めていた。

「どうもこんな遅い時間に訪問しまして、申し訳ありません」

僕は、玄関で出迎えてくれた高倉の妻の康子に詫びた。

「いいえ、うちは平気です」

康子は、前回と同様、気品のある優しい笑顔で応えた。薄いピンクのブラウスに白いカーディガンと紺のズボン姿だった。冬の割に薄着の印象だったが、室内は暖房が利いているから、その程度の服装で十分だった。

高倉はリビングで僕を迎えた。黒いズボンに、青のストライプの入ったワイシャツを着ているだけである。

僕は室内でコートを脱ぎ、それを康子が衣紋掛けに掛けてくれた。黒の上下の背広に、渋い臙脂のネクタイというかしこまった服装で、僕は高倉と康子の前に対座した。

「島本さん、夕食は？」

康子が訊いた。

「はい、もう食べてきております」

嘘を吐いた。本当は夕食を食べる時間などなかったのだ。

康子は「じゃあ、あれでもどうかな」と言いながら立ち上がり、奥のキッチンのほうに出ていった。康子が戻ってくるまで、僕と高倉は十分くらい受験生の数が減らなかったことに関する雑談を交わした。受験生が減るどころか、大幅に増加したことは、仮に偏差値が下がることになるのは避けられないとしても、とりあえずはいいことだという点で、僕と高倉の意見は一致していた。

やがて、康子がトレイにティーカップ三つとショートケーキの皿一つを載せて戻って来た。ショートケーキとティーカップを僕の前のソファーテーブルの上に置きながら言った。

「島本さん、甘い物はお嫌い？　甘い物を食べると、深刻な話をするときでも、気持ちが落ち着き、心が優しくなるんですって」

それから、二つのティーカップを横並びに座る高倉と自分の前に置いた。僕は康子の発言に何だか奇妙な意味合いを感じていた。だが、康子の微笑みに惹き込まれるように、僕は反射的に応えた。

「はい、いただきます」

僕は紅茶を啜り、さらに添えられていた小さなフォークで、ショートケーキを一口食べた。クリームの甘い香りが口の中で広がり、確かに康子の言う通り、気持ちが若干落ち着いたように感じた。

しかし、その直後、高倉は不意に真剣な表情になり、意外なことを言い出した。

「島本さん、今日は一つお願いしたいことがあるんですが——家内も今日の会話に加えていただけませんかね。家内は、私もあなた同様、事情聴取の対象になっていたため、今度の件で大変心配していました。従って、私もほとんどすべてのことを家内には話していますす。だから、今日の島本さんとの話し合いには、家内もぜひ参加したがっているんです」

「それはもちろん、構いませんが」

僕は即答した。康子が礼を言うように、にっこりとして頭を下げた。

ただ、何かあるとは感じていた。「話し合い」と言う表現がどうにも引っかかった。

もちろん、そんなことは口には出さなかった。ただ、自分の土俵で勝負したかったから、僕のほうから質問した。

「やはり、先生も事情聴取をお受けになったのですか？」

「ええ、受けました」

「それでは、先生も日野警察署に？」

「いや、この家で聴かれました」

やはり、高倉は特別扱いだった。いや、というよりも、それがほんとうに事情聴取だったのか、疑わしく思えてきた。自宅で行ったということは、事情聴取というより、意見聴取の性格が強いものではなかったのか。

「黒木刑事が来たんですか？」

あまり思い出したくない名前だったが、僕はあえて黒木の名前を口にした。

「いいえ、彼とは別の刑事です」

高倉は、その一瞬、僕の顔をじっと見つめたように思った。それは何故か、その刑事については語りたくないという拒否の表情に見えた。僕は高倉が以前に、警視庁の捜査一課に知り合いの刑事がいると語ったことを思い出した。

「どんなことを特に聴かれたのでしょうか？」

「やはり、私が柳瀬さんと巡回を交代した経緯を詳しく聴かれました。警察があの交代に注目するのは、ある意味では当然ですからね。私は正直に私の都合で代わってもらったと言いました。だから、私に嫌疑が掛かっても少しもおかしくなかったのです。実際、私が校正の打ち合わせがあると言って、いったん研究室に戻り、教室棟に対するあなた方の巡回時間に合わせて、八階の女子トイレに潜伏して待ち受けることもできたわけです。私も例のスケジュール表を持っていたわけだから、あなた方がだいたい何時頃、八階の女子トイレに来るか、見当が付いたはずですからね。もちろん、現実問題としてはそんなスーパーマンのような早変わりは私には不可能だったと思いますが、あくまでも理論上は可能なのです。だから、その理論に沿う限り私はかなり有力な容疑者に見えたことでしょう」

「しかし、実際に疑われたのは僕のほうで、僕はその交代のことで警察から大変厳しく追及されました。確かに、交代は高倉先生の都合で行われたのかもしれないが、交代要員として柳瀬さんを推薦したのは僕だろうと言われました。つまり、僕が故意に柳瀬さんをあの時間帯の巡回チームに入れたのだろうと疑われたのです」

「そうでしたか」

高倉は、暗い表情で言った。康子の表情からも穏やかな笑みが消えている。

「先生、事件はこれですべて解決と考えていいのでしょうか？」

僕は唐突に訊いた。高倉は憂いを帯びた深刻な表情で僕を上目遣いに見た。

「いいえ、私はそうは考えていません。もちろん、中橋君がほとんどの人間を殺したのは事実でしょう。その動機はまったく解明されていませんが、それは多分に精神医学的な問題を含むものでしょうから、今ここで論じても仕方がない。私が事件は解決されていないと言うのは、もっと具体的な事実関係に関することです」

衝撃が僕を襲った。高倉の言い方は、予想以上に直截(ちょくさい)だった。高倉の言う意味は当然のようによく分かった。

「具体的にはどういうことでしょうか？」

僕は不安に駆られる自分を必死で取り繕いながら、訊いた。

「私は、柳瀬さんの事件の現場を最初に見たとき、妙な違和感を感じていました。つまり、現場の状況がそれまでに起こった殺人とは、随分違うという第一勘が働いたのです。例えば、他の殺人と違って、今回は遺留品として凶器の出刃包丁が残されていました。また、これはあとになって分かったことですが、落ちていた柳瀬さんのバッグの中から携帯も発見されています。これもこれまでの事件ではなかったことです。しかも、バッグの中には五十万という大金が入っていた」

高倉はここで言葉を止め、僕をじっと見つめた。僕は視線を落とした。一瞬、沈黙が支配した。しかし、高倉の言ったことは想定内だった。僕は、必死で心を落ち着かせようとした。

高倉が、再び、話し始めた。相変わらず静かな口調だった。

「しかし、私が一番強い違和感を感じていたのは、こういう事柄よりも、死体そのものの状況です。最初の四件の女子学生殺しの死体と田崎さんの死体状況については、ある共通点が見られます。死体の刺傷が体の左側に集中的に見られるのです。これは、新聞報道でもありましたが、私自身がさきほどの刑事に頼んで鑑識写真も見せてもらい確認しています。このことから、犯人の利き腕は右手だと考えることができます。右利きの人間が普通に狙って相手を刺せば、凶器は必然的に体の左側に突き刺さります。よほど故意に逆側を狙わない限り、そうなるはずです。もちろん、ターゲットは防御しようとして、激しく逃げ惑いますから、多少は右側にも刺傷が残っていますが、その数は僅かです。実は、田崎さんの場合は、右側にもある程度の刺傷が残っていたのですが、これは他の四人の被害者より、激しく抵抗して体を動かしたことを意味しているのでしょう。それでもやはり、左側の刺傷のほうが多い。それに首の一部が切断状態でしたが、これも左側の首の付け根の部分です。ところが、柳瀬さんだけが、体の右側に刺傷が集中していたのです。私が鑑識写真を見せてもらったのは、もちろん、あの事件のあとですが、柳瀬さんの場合は私も直接事件現場を見ているため、写真を見る前から犯人は左利きだと分かっていました」

高倉がもう一度僕を凝視した。僕は不思議な感覚に襲われていた。何か決定的なことが起こっているのに、僕の頭はどういうわけかそれを認識できていないような、得体の知れない感覚に取り憑かれていたのだ。

高倉は、特に口調を変えることもなく、淡々と話し続けた。

「島本さん、私があなたと一緒に巡回したとき、私が腕章について言ったことを覚えておられますか？　あのとき私は、大学名の入った腕章を渡されて、最初はほとんど無意識に左腕に付けました。でも、どっちの腕に付けるのが正しいのか、少し不安になって周りの人たちを見ると、ほとんどの人が左腕に付けていましたので、私もほっとしたのを覚えています。しかし、あなただけが右腕に付けていたのです。これはどちらが正しいという問題でもないと思います。葬式のときの喪章などは仏教的な理由で左腕に付けるのが正しいとされているそうですが、そんなことを知っているのは物知りの人だけで、ほとんどの人は無意識のうちにどちらかの腕に付けるのです。あのとき、あなたを除いた全員が左腕に腕章を付けていたのは、それが正しい付け方と思っていたというよりは、自分の利き腕である右手を使って付けたから、そうなっただけなのでしょう。もちろん、左利きに比べて右利きのほうが圧倒的に多いから、左腕に腕章を付ける人が多いのは当然なのです。逆に言うと、私はあのとき、あの巡回メンバーの中で、あなただけが左利きではないかと思ったのです。実際、あなたは無線機も左手で持っておられた。ただ、もちろん、あのときはまだ事件が発生していなかったわけですから、私も特にそんなことに注目するはずもなく、暇つぶしの四方山話としてあなたに申し上げただけで、あとからそのことが重大な意味を持ってくるなどとは想像さえしていませんでした」

高倉の言っていることは、分かりすぎるほどよく分かった。何と言うことだ。腕章の位置から、僕の利き腕を見抜かれるとは。それでは、「僕は左利きですよ」と宣言してから、犯行に及んだようなものではないのか。

僕は自分の無能ぶりを罵りたい気分だった。確かに、僕は新聞の記事で殺された女子学生や田崎の刺傷が体の左側に集中していることを読んでいた。

さらに、僕の網膜には、光る凶器の切っ先と左手で振り回される黒いバッグが浮かんでいる。あのとき、僕はぼんやりとではあるが、犯人が右利きであることは意識していたはずだ。だが、あの緊張感の中では、僕はそれを明瞭に意識に上らせることはできなかった。

やはり、僕は僥倖には恵まれなかった。僕が右利きだったら、事態はまた変わっていたことだろう。高倉の言う通り、世の中には、右利きの人間のほうが圧倒的に多いのだ。それなのに、僕は不運にも左利きだった。

そのあと、高倉が付け加えたことは、僕にはほとんど蛇足だった。

「だから、柳瀬さんの体の右側に刺傷が集中していたことと、凶器の出刃包丁が現場に落ちていたことが、私の頭の中で、奇妙に結びついたのです。あなたの説明では、犯人と揉み合いになったときに、相手が包丁を落としたということでしたが、その割にあなたがほとんど手傷を負っていないのも不思議でした。私は、犯人は包丁を落としたのではなく、故意にそこに置いたのではないかと感じたのです。理由はよく分かりませんが、凶器を下手に処理して、そこから足が付くより、残したほうが安全と判断したのかもしれません」

僕は、相変わらず、沈黙したままだった。数分間が経過したように思えた。

「島本さん、紅茶をお飲みになって。冷めてしまいますわ」

不意に康子が言った。彼女の顔には元の柔らかな笑みが戻っていた。

「ありがとうございます」

僕の声は震えていた。左手でカップの取っ手を持って口に運んだ。僕は左手を使ったことを意識していた。高倉は、未だに「犯人はあなたでしょ」とは言っていない。だが、僕は左手を使ったことで、降伏を意味するつもりだった。

「ねえ、島本さん、これは主人から聞いたことなんですけど——」

康子が再び、喋り出した。

「柳瀬さん、あなたのことを『自分と家庭環境が似ているんで、一緒に居ると何となくほっとするんです』って言ってたそうです。私は彼女にお会いしたことはありませんが、母子家庭に育って経済的にもいろいろ苦労されていたから、他人(ひと)が見たら不道徳に見える行動もあったでしょうが、あなたと一緒に居るとほっとするという気持ちは本当だったと思いますよ」

康子の言葉が僕の胸に突き刺さった。

「先生、お願いがあるのですが——」

僕は掠れた声で言った。高倉は落ち着いた表情で僕を見つめた。

「今から、警察に電話して、僕を逮捕しに来るように伝えていただけませんか」

「いや、それでは自首にならない。あなたのほうから警察に出頭すべきです」

高倉はきっぱりと言った。彼が僕の今日の訪問を受け入れ、妻の康子と共に僕と話したのは、これが目的だったのだ。自首すれば確かに量刑の上では、有利な情状となるだろう。僕は、自分の刑が軽くなることなど望んでいなかったが、それでも高倉と康子の好意を無にすべきではないと思った。

「分かりました。それでは、今から日野警察署に行こうと思います」

僕は腰を浮かせ掛かった。

「待って、まだケーキ残ってる！」

康子が砕けた口調で言った。その顔は明るく笑っている。

「ケーキは一口のほうがいいです。その甘い味がいつまでも心に残りますから」

僕は立ち上がりながら言った。僕なりの感謝の表現だった。僕は微笑みながら言ったつもりだったが、僕の顔が高倉と康子にどう映ったかは分からない。

康子が真剣な表情に戻って、大きく頷きながら立ち上がった。

エピローグ

「やはり、私の恐れていたことが起こっていたのですね」

　高倉は、研究室を訪ねていた警視庁捜査一課の寺内に向かって、ため息を吐きながら言った。寺内とは、過去の事件捜査で旧知の間柄だった。しかし、今回、琉北大学で起こった連続殺人事件に関して、高倉が寺内と連絡を取り合ったのは、柳瀬唯が殺害されたあとのことだったから、高倉はその意味では島本に嘘を吐いたとは思っていない。

　船橋（ふなばし）市郊外にある中橋の自宅から、中橋の母親とその愛人と見られる男性の白骨化した死体が発見されていた。母親は鋭利な刃物による刺殺で、男のほうは扼殺（やくさつ）である。二人が死亡したのは、男が行方不明になった時期から考えて、御園百合菜が殺された七月二十三日よりも前と推定されるから、中橋がこの二人も殺害していたとしたら、母親と愛人の殺害が、後の連続殺人の引き金になった可能性がある。

　しかし中橋は、この件についてだけは黙秘しているという。母親は五十歳だったが、近所でも評判の美人だった。中橋が生まれたばかりの頃、夫とは離婚し、それ以来、女手一つで中橋を育ててきた。離婚後、司法書士の試験に合格し、長年、法律事務所に勤務していた。ただ五月の末に、その法律事務所を退職しており、その後は特に職には就いていない。

死体が一緒に発見された男は、同じ法律事務所に勤めていた妻子持ちの弁護士だったが、よほどうまく隠していたのか、職場でも二人の交際に気づいていた人はほとんどいなかった。そのため、その弁護士が急に出勤しなくなって、家族から捜索願いが出されても、誰もそのことを二ヶ月ほど前に退職した司法書士の女性と結びつけることはなかった。

一部の捜査官の中には、中橋の母親が急に退職したのは、愛人の弁護士が将来の結婚を前提とした経済的保証を約束したからであり、そのことが後に中橋とのトラブルに発展したと考えている者もいた。ただ、これも中橋が黙秘している以上、推測の域を出ない。

「女子大生殺しはどの事件でもすらすらと自白している中橋が、母親と愛人の殺害に関しては、動機はおろか、殺害自体についても何も語っていません。二人を殺そうと決意する、何か具体的な出来事があったのでしょうか?」

寺内の質問に、高倉は当惑した表情を浮かべた。警察官が、具体的な動機を求めるのは、当然だろう。しかし、やっかいなのは、親子関係が絡まっている殺人の場合、動機は潜在意識の中に隠れ、永遠に顕在化することがないこともあるのだ。

「きっかけとなるようなことはあったでしょうね。だが、それはあくまでもきっかけに過ぎず、動機はもっと心の奥深くに眠る、母親と愛人の邪淫に対する憎しみであったかもしれない。特に、相手の弁護士は妻子持ちだったわけですから、中橋君にしてみれば、そういう不倫行為をしている母親がまず許せなかったのでしょうね。死体の状態からどちらが先に死んだかを推定するのは、なかなか難しいでしょうが、母親が最初だったような気がします。相手の弁護士を殺したのは、案外、現実的な理由だったのかも。母親が急に姿を見せなくなった理由を、その弁護士には説明しようがなかった。あるいは、不意に自宅を訪ねてきたため、殺すしか選択肢がなかった。扼殺だったのは、殺すための準備などまったくしておらず、咄嗟に体力に任せて、小柄な弁護士を腕に抱え込むようにして殺したとも考えられますからね」

「それにしても、中橋が柳瀬唯殺しまで自白しているのはどうしてでしょう？　まったく訳が分からない。これは島本の裁判でも、大きな障害になると担当検事からも指摘されています」

「そうですね。確かに、不思議と言えば不思議です。しかし、心理的には分からないでもない。それは、やはり、何故彼が次々に女子学生を殺したのかという疑問とも結びつきます。彼は母親の淫蕩の血を憎んでいた。だから単に母親を殺しただけでは満足せず、被害者の姿を母親に見立てて、その幻影を殺していたとも言える。彼が、女子トイレでのセックスを被害者に対して誘ったのは、いわばその淫蕩さに対する証明だった。そう考えると、柳瀬さんを殺したと言い張るのも分からないではない。彼は、柳瀬さん本人から、キャバクラでのアルバイトが原因で、尾関教授から脅されていたことを聞いていました。だから、尾関教授を殺したのは、連続殺人の罪を着せるためだったという説明は、全面的には信用できず、柳瀬さんに対する行為が許せなかったというのも動機の一つだった可能性はある。でも、同時に自分という恋人がありながら、キャバクラでアルバイトをするような行為は、母親の淫蕩さを思い起こさせ、許せないと感じていたことも確かでしょうね。だから当然、柳瀬さんに対する殺意はあった。ところが、彼が予想していなかったことには、彼女は別の人間の手によって殺されてしまった。従って、彼が柳瀬さんの殺害まで自白しているのは、そういう自分の気持ちを告白したかっただけなのかもしれません。フロイト学派の夢分析では、『あたかも殺したような』という夢を見ることはできず、そういう場合は、『実際に殺した』という夢を見ると言われていますが、それと同じことが、中橋についても言えるのではないでしょうか」

「しかし、彼だって恋人がいながら、いろいろな女性と関係していたのだから、それは自分勝手な言い草でしょ」

寺内が吐き捨てるように言った。それは違うと、高倉は思った。中橋は病者なのだ。「自分勝手」というのは、健常者の間の理屈なのである。しかし、口には出さなかった。

「それにしても、島本逮捕に関しては、色々と貴重なご助言をいただきありがとうございました。私も中橋自白の段階では、すべての犯行は、彼の行為とほとんど信じ掛かっていましたから。その中に、一件だけ別の事件が紛れ込んでいるなんて、気が付きませんでした。まあ、それが島本の狙いだったんでしょうから、我々も見事にその罠に引っかけられてしまったわけです。それにしても、腕章の位置から彼が左利きであることを見抜き、彼を自白に追い込んだ先生の手腕には敬服します」

「いや、それはただ偶然気が付いただけで、たいしたことではありません。それに私が彼を自白に追い込んだのではなく、彼は私のマンションを訪ねてきたとき、初めから罪を告白するつもりだったのだと思います」

「そうでしょうか？」

「ええ、彼の告白を一緒に聞いた家内も、同じような印象を語っています」

寺内は、高倉の発言に頷くことはなかった。これから裁判を控えている警察官としての立場からは、高倉の言うことを肯定できないのは分かる。警察官は、被告人の罪が軽くなるような発言は控える習性が身についているのだ。

外でノックの音がした。

「お客様のようですね」

寺内がソファーから立ち上がった。高倉が扉を開けると、外で立っていたのは、加納希美である。

希美は、寺内の姿を認めると、寺内にも頭を下げながら、入るのを躊躇しているように見えた。

「それでは、今日はこれで失礼します。また、裁判のことなどで色々とお世話になることがあると思いますが、そのときは宜しくお願いします」

寺内は、深々と一礼してから、出ていった。そのあと高倉は希美を迎え入れ、ソファーで対座した。

「実は、先生、私、明日、東京拘置所に行く予定なんです」

希美は、すぐに用件を切り出した。

「中橋君にお会いになるんですか？」

「いいえ、島本さんです。中橋君にも会いたかったんですが、彼、誰との面会も拒否しているそうです。弁護士さんの話では、島本さんの場合は、彼の動揺を特に誘う相手でない限り、面会は許可される可能性が高いそうです」

「それはご苦労様です。それで、私に何か？」

「何か、島本さんに伝言がありましたら、私がお伝えしようと思いまして——」

「伝言ですか——」

高倉は、ここで言葉を切って、遠くを見るような目つきをした。

「月並みになりますが、一言、私も妻も再起を願っていると伝えてください」

「分かりました。必ず伝えます」

しばらく沈黙が続いた。けっして、心地の悪い沈黙ではなかった。

「先生、中橋君、やっぱり死刑になっちゃうんですか？」

希美がぽつりと訊いた。高倉は、一瞬、言葉を失った。心神喪失か、心神耗弱が認められない限り、死刑判決は自明だった。だいいち、中橋自身が、それ以外の判決を望んでいないように思えた。

「ええ、今の日本の裁判制度では、そうなる可能性が高いでしょうね。裁判員にはとんでもない負担を掛ける長い裁判になりそうですが」

嘘を吐くわけにはいかなかった。ただ、高倉は既に、希美の目に涙が浮かんでいるのに気づいていた。

「でも、やっぱり、中橋君、可哀想。とっても悪いことはしたんだけど——」

高倉は、希美の言葉に思わず頷きそうになった。犯罪心理学者の目からは、可哀想ではない犯罪者などいないのだ。中橋も、島本も。だが、一方ではそんな甘いことを考えているから、凶悪事件があとを絶たないのだとも感じていた。

希美を送り出したあと、高倉も帰り支度をして、研究室の外に出た。

三月の中旬、午後四時過ぎだった。かなり春めいていて、西の空はまだ十分に明るい。

裏山でさえずる鳥の声も小さく聞こえ、いかにも郊外にある大学の牧歌的な雰囲気を漂わせていた。この一年間に起こった、異様な殺人事件がまるで夢だったかのように感じられるほど、穏やかなキャンパスの風景だった。

正門を出た所で、携帯が鳴った。相手は妻の康子だった。

「ねえ、あなた、私、今日、荻窪にいるの。昔の友達に会って、今帰る所なんだけど、夕ご飯、荻窪で食べない。例のイタリア料理食べたいな」

荻窪は、高倉と康子がかつて住んでいた場所である。だから、そこには康子の友達も何人かいる。

「ああ、いいね。俺も今日は美味い物を喰って、のんびりしたいよ。あの海老ドリアは絶品だからね」

「私、ドリアじゃなくて、コース料理が食べたい」

「何でもいいよ。五時頃には、荻窪駅の改札に着けるから」

「そう。だったら、私、お店に予約入れとく」

携帯を切ったあと、高倉は幸福感にも似た笑みが湧き起こってくるのを感じた。ここには、かけがえのない、穏やかな日常がある。しかしときたま、それを寸断するように、自分の目の前で邪悪な凶相を広げ始める犯罪を、高倉は憎んだ。

不意に、島本の言葉が思い浮かんだ。

ケーキは一口のほうがいいです。その甘い味がいつまでも心に残りますから。

高倉は、島本の改悛（かいしゅん）の情を信じていた。しかし、それにも拘わらず、心の中では別の呻き声にも似た囁きを聞いていた。

何故殺したんだ。殺された人間はもう二度と帰っては来ないのだぞ。

正門前から、日野駅に向かうバスが出ようとしていた。高倉は、ふと我に返ったように、小走りに乗車口に駆け寄った。

解説

千街晶之（ミステリ評論家）

今年（二〇一六年）六月、一本の衝撃的なサイコ・サスペンス映画が公開されることになっている。黒沢清監督の新作『クリーピー　偽りの隣人』だ。その原作となったのが、第十五回日本ミステリー文学大賞新人賞を受賞した前川裕の長篇小説『クリーピー』（二〇一二年）である。

著者は一九五一年、東京都生まれ。大学で教鞭を執る傍ら小説を執筆し、『クリーピー』で小説家デビューを果たした。その後、『アトロシティー』（二〇一三年）、『酷　ハーシュ』（二〇一四年）、『死屍累々の夜』（二〇一五年）などの作品を発表している。警察小説もあればノンフィクションめかした仕上がりの小説もあるが、いずれも異常な犯罪を描き、ダークな味わいを読者の心に深く刻み込むミステリである。その作風は、デビュー作で既に確立されていた。

『クリーピー』を未読の方のために、あらすじを簡単に紹介しておきたい。語り手の高倉は、新宿の東洛大学で犯罪心理学を教えている教授で、妻の康子と二人暮らし。コメンテーターとしてTV出演などもしているので、世間ではそれなりに知られた存在である。そんな彼が、高校の同級生で今は警視庁捜査一課の警部となっている野上から、八年前に起きた一家三人行方不明事件について相談を持ちかけられる。この事件で両親と兄が行方不明になり、現在は祖母と暮らしている本多早紀が意外なことを言い出しているので、その信憑性を判断してもらいたい——というのが野上からの依頼である。ところが、その野上が急に消息を絶つ。また、高倉は隣人である西野家の様子を不審に感じていた。彼の周りで相次ぐ出来事がひとつにつながる時、世にもおぞましい犯罪の全容が浮上してきた。そして、高倉と周囲の人間を巻き込みながら、事件は更に拡大してゆく。

クリーピー CREEPY とは、「(恐怖のために)ぞっと身の毛がよだつような、気味の悪い」といった意味合いである。作品の内容は、まさにこのタイトルに相応しかった(のみならず、クリーピーという言葉はそれ以降の著者の作風自体をこの上なく的確に示しているとも言える)。そのクリーピーを醸し出すのは、ひとつには恐るべきカリスマ性、悪賢さ、そして行動力を兼ね備えた犯人像にある。人々の平穏な日常生活が、そのような犯罪者によって侵食され、ついには跡形もなく破壊されてしまう恐怖が徹底的に描かれているのだ。だが気味が悪いのはそれだけではなく、ありがちなサイコ・サスペンスかと思わせておいて、展開の先が全く読めない点にもある。異常心理を背景とする犯罪と、読者の予想を裏切るツイストに溢れた展開を両立させた作風のミステリ作家といえば、『サイコ』

（一九五九年）のロバート・ブロック、『心ひき裂かれて』（一九七四年）のリチャード・ニーリィ、最近では『いたって明解な殺人』（二〇一〇年）のグラント・ジャーキンス、また我が国では『冤罪者』（一九九七年）の折原一らがいる。前川裕も、その流れに連なる作家であることは明らかだ。

では、その『クリーピー』を原作とする『クリーピー　偽りの隣人』は、どのような映画に仕上がっているのだろうか。監督の黒沢清は、一九八三年にピンク映画『神田川淫乱戦争』で監督デビューし、サイコ・サスペンス映画『CURE』（一九九七年）でブレイク。『回路』（二〇〇〇年）、『叫』（二〇〇七年）などホラーやサイコ・サスペンスを中心に意欲作を発表して高く評価される一方、マーク・マクシェーンの小説『雨の午後の降霊会』が原作の『降霊』（一九九九年）や、湊かなえ原作『贖罪』（二〇一二年）といったTVドラマでも才能を発揮している。『クリーピー　偽りの隣人』は、黒沢にとって久しぶりの『CURE』路線のサイコ・サスペンス映画であり、ファンにとっては堪えられない作品の筈である。

主な配役は、主人公の高倉（原作とは異なり元捜査一課の刑事という設定）に西島秀俊、その妻・康子に竹内結子、隣家の主・西野に香川照之、家族が失踪した頃の記憶を失っている本多早紀に川口春奈、野上刑事（映画では高倉の後輩の設定）に東出昌大、西野の娘・澪に藤野涼子、野上の上司・谷本に笹野高史——といった顔ぶれである。サブタイトルの「偽りの隣人」役である香川照之の怪演がことのほか凄まじいし（映画では西野が康子と初めて対面するシーンの嚙み合わない奇妙な会話が、彼の常人とは異なる精神領域を如実に物語っている）、香川とはさまざまな映画やドラマで幾度も共演している西島秀俊も、真実を追求する熱意の強さ故（ゆえ）にエキセントリックな行動に走る主人公を熱演している。登場人物を数人カットし、高倉のゼミ生に関するエピソードや後半の展開を大幅に省いたため、事件は原作と別の着地を見せるけれども、全篇を覆う不穏さは黒沢監督ならではのものであり、ストーリーに異なる部分があっても原作のクリーピーな味わいは完全に再現されていると言っていい。六月の公開を是非楽しみにしていただきたい。

　さて、本書『クリーピー　スクリーチ』は、その『クリーピー』の映画化に合わせ、続篇として書き下ろされた長篇である（第七回日本ミステリー文学大賞新人賞の最終候補作となった「怨恨殺人（グラッジキリング）」のアイディアをもとにしているものの、全面的に改稿している）。続篇といっても、一部の登場人物が共通している以外、前作とは独立した物語なので、前作を未読の状態で本書を手に取っても差し支えない。

　高倉は前作で東洛大学の教授職を辞し、福岡にある女子大の特任教授として再就職したと記されていたけれども、本書では再び東京に戻り、日野市郊外にある琉北（りゅうほく）大学の教授となっている。具体的な歳月の経過は不明だが、前作で高倉夫婦が巻き込まれた一連の惨劇から十年以上経っていることは確実である（また、高倉のフルネームは前作では不明のままだったが、本書で孝一という名前であることが明かされた）。前作の事件の際、ある人物を巻き添えにしてしまったことを後悔している高倉は、犯罪心理学者として警察に協力していた過去を葬り、学究的な生活を送る決意をしていた。にもかかわらず、彼はまたしてもおぞましい惨劇の関係者となってしまうのだ。

といっても、前作とは異なり、本書での高倉は主人公ではなく脇役として登場する。今回の主人公兼語り手は、琉北大学の事務職員・島本龍也。七月のある日、彼は学生部職員の柳瀬唯から相談を持ちかけられる。御園百合菜という学生が、文学部の尾関教授から嫌がらせを受けているので、高倉のゼミに移籍させてほしいというのだ。尾関はセクハラやパワハラの噂が絶えない人物であり、職員のあいだでの評判も芳しくない。島本は御園から事情を訊いたあと、ゼミ移籍の件について内々に高倉に打診することにした。ところがその矢先、キャンパス内の女子トイレで御園の惨殺死体が発見される。しかも、事件は連続殺人へと発展していった……。

タイトルのスクリーチSCREECHとはなじみの薄い言葉だが、動物の鳴き叫ぶような金切り声を指す。本書では殺人が起きるたびに聞こえる猿の奇声のような男の金切り声が、事件にまつわる薄気味悪さを倍加している。

尊大な教授、老獪な学部長、事なかれ主義の課長といった人間関係の中で島本が学内政治に翻弄されるさまは、著者自身が大学教授ということもあってか生々しいリアリティを帯びているが、そんな状況下で島本にとってオアシス的存在なのが柳瀬唯である。彼女に対する島本の恋心が募ってゆくプロセスは、本書の読みどころのひとつと言えるだろう。また、事件を担当する黒木という刑事の意味深長な発言によって、島本は一連の事件の陰に高倉の存在を疑い、妄想を膨らませてゆく。『クリーピー』に目を通している読者は、前作で事件を解決した高倉は当然容疑者ではないと考えるだろうが、高倉が過去に有名な犯罪の関係者だったことを知る第三者からするとどうしても彼が怪しげに見えるということも、島本を視点人物に選んだ意図のひとつではないだろうか。

キャンパス内の女子学生連続殺人という、前作に劣らぬ衝撃的な犯罪が扱われているとはいえ、一見無関係な出来事がつながって異様な構図をかたちづくっていった前作と比較すると、本書は極めてオーソドックスな展開のミステリに思えるかも知れない。しかし、それはあくまで中盤までの印象である。具体的には書けないけれども、後半、本書はとんでもない方向へと突き進んでゆく。まるで、法律で定められたスピードを律儀に守って安全運転していた車が、いきなり歩道に乗り上げながら猛スピードで暴走を始めたような印象なのだ。事件そのものの様相だけではなく、先が読めない展開も不気味さを演出するという前作の小説作法が、本書でもアレンジを変えつつ踏襲されていることがよくわかる。

『クリーピー』では、隣人が得体の知れない闇を孕んでいるという、誰の身にも降りかかってくる可能性がある恐怖が生々しく描かれていた。本書では、闇はもっと身近なところに潜在し、機会を得て激しく噴出することになる。著者の作品から漂うクリーピーさは、狂気や殺意といった感情がごく身近に潜んでいるものであり、決して他人事ではないという感覚に由来するものなのだ。作中人物ばかりでなく、それを読んでいる私たちの日常も、実は薄氷の上にあるのだという底無しに恐ろしい感覚に。

＊この作品は、フィクションであり、登場する人物や団体は、実在するものとは何の関係もありません。
「ヨーク・レイサム事件」は実在する事件で、その記述に当たっては、T.Capote の In Cold Blood (Random House, 1966) を参照しました。また、「リチャード・ボーガン事件」は、筆者が考え出した架空の事件です。

光文社文庫

文庫書下ろし

クリーピー スクリーチ

著者 前川 裕（まえかわ ゆたか）

2016年4月20日 初版1刷発行

発行者 鈴木広和
印刷 豊国印刷
製本 ナショナル製本

発行所 株式会社 光文社
〒112-8011 東京都文京区音羽1-16-6
電話 (03)5395-8149 編集部
8116 書籍販売部
8125 業務部

© Yutaka Maekawa 2016
落丁本·乱丁本は業務部にご連絡くだされば、お取替えいたします。

ISBN978-4-334-77267-3 Printed in Japan

JCOPY ＜(社)出版者著作権管理機構 委託出版物＞

本書の無断複写複製（コピー）は著作権法上での例外を除き禁じられています。本書をコピーされる場合は、そのつど事前に、(社)出版者著作権管理機構（☎03-3513-6969、e-mail : info@jcopy.or.jp）の許諾を得てください。

組版 萩原印刷

お願い　光文社文庫をお読みになって、いかがでございましたか。「読後の感想」を編集部あてに、ぜひお送りください。

このほか光文社文庫では、どんな本をお読みになりましたか。これから、どういう本をご希望ですか。どの本も、誤植がないようつとめていますが、もしお気づきの点がございましたら、お教えください。ご職業、ご年齢などもお書きそえいただければ幸いです。当社の規定により本来の目的以外に使用せず、大切に扱わせていただきます。

光文社文庫編集部

本書の電子化は私的使用に限り、著作権法上認められています。ただし代行業者等の第三者による電子データ化及び電子書籍化は、いかなる場合も認められておりません。

インビジブルレイン　誉田哲也
感染遊戯　誉田哲也
ブルーマーダー　誉田哲也
疾風ガール　誉田哲也
ガール・ミーツ・ガール　誉田哲也
春を嫌いになった理由　誉田哲也
世界でいちばん長い写真　誉田哲也
黒い羽　誉田哲也
クリーピー　前川 裕
アトロシティー　前川 裕
おとな養成所　槇村さとる
スパイク　松尾由美
ハートブレイク・レストラン　松尾由美
ハートブレイク・レストランふたたび　松尾由美
花束に謎のリボン　松尾由美
煙とサクランボ　松尾由美
西郷札　松本清張

青のある断層　松本清張
張込み　松本清張
殺意　松本清張
声　松本清張
青春の彷徨　松本清張
鬼畜　松本清張
遠くからの声　松本清張
誤差　松本清張
空白の意匠　松本清張
共犯者　松本清張
網　松本清張
高校殺人事件　松本清張
告訴せず　松本清張
内海の輪　松本清張
アムステルダム運河殺人事件　松本清張
考える葉　松本清張
花実のない森　松本清張

光文社文庫 好評既刊

二重葉脈 松本清張
山峡の章 松本清張
黒の回廊 松本清張
生けるパスカル 松本清張
雑草群落（上・下） 松本清張
溺れ谷 松本清張
血の骨（上・下） 松本清張
表象詩人 松本清張
分離の時間 松本清張
彩霧 松本清張
梅雨と西洋風呂 松本清張
混声の森（上・下） 松本清張
京都の旅 第1集 松本清張 樋口清之
京都の旅 第2集 松本清張 樋口清之
恋の蛍 松本侑子
新約聖書入門 三浦綾子
旧約聖書入門 三浦綾子

泉への招待 三浦綾子
極め道 三浦しをん
舟を編む 三浦しをん
色即ぜねれいしょん みうらじゅん
ボク宝 みうらじゅん
セックス・ドリンク・ロックンロール！ みうらじゅん
死ぬという大切な仕事 三浦光世
少女ノイズ 三雲岳斗
少女たちの羅針盤 水生大海
かいぶつのまち 水生大海
「探偵趣味」傑作選 ミステリー文学資料館編
「探偵春秋」傑作選 ミステリー文学資料館編
「探偵文藝」傑作選 ミステリー文学資料館編
「ロック」傑作選 ミステリー文学資料館編
「黒猫」傑作選 ミステリー文学資料館編
「X」傑作選 ミステリー文学資料館編
「探偵実話」傑作選 ミステリー文学資料館編

光文社文庫　好評既刊

「探偵倶楽部」傑作選　ミステリー文学資料館編
「エロティック・ミステリー」傑作選　ミステリー文学資料館編
江戸川乱歩の推理教室　ミステリー文学資料館編
江戸川乱歩の推理試験　ミステリー文学資料館編
江戸川乱歩に愛をこめて　ミステリー文学資料館編
「宝石」一九五〇　ミステリー文学資料館編
麺'sミステリー倶楽部　ミステリー文学資料館編
幻の名探偵　ミステリー文学資料館編
甦る名探偵　ミステリー文学資料館編
古書ミステリー倶楽部　ミステリー文学資料館編
古書ミステリー倶楽部Ⅱ　ミステリー文学資料館編
古書ミステリー倶楽部Ⅲ　ミステリー文学資料館編
さよならブルートレイン　ミステリー文学資料館編
ラットマン　道尾秀介
カササギたちの四季　道尾秀介
光　道尾秀介
凶宅　三津田信三

赫眼　三津田信三
災園　三津田信三
七人の鬼ごっこ　三津田信三
聖餐城　皆川博子
警視庁極秘捜査班　南英男
報復遊戯　南英男
偽装警官　南英男
罠の女　南英男
遊撃警視　南英男
甘い毒　南英男
暴露　南英男
密命警部　南英男
疑惑領域　南英男
無法指令　南英男
野良女　宮木あや子
婚外恋愛に似たもの　宮木あや子
スコーレNo.4　宮下奈都

光文社文庫　好評既刊

チ　ヨ　子　宮部みゆき
スナーク狩り　宮部みゆき
長い長い殺人　宮部みゆき
鳩笛草 燔祭／朽ちてゆくまで　宮部みゆき
クロスファイア(上・下)　宮部みゆき
刑事の子　宮部みゆき
贈る物語 Terror　宮部みゆき編
オレンジの壺(上・下)　宮本　輝
葡萄と郷愁　宮本　輝
森のなかの海(上・下)　宮本　輝
わかれの船　宮本　輝編
三千枚の金貨(上・下)　宮本　輝
ダメな女　村上　龍
大絵画展　望月諒子
壺の町　望月諒子
アッティラ！　籾山市太郎
ZOKU　森　博嗣

ZOKUDAM　森　博嗣
ありふれた魔法　盛田隆二
二人静　盛田隆二
身も心も　盛田隆二
美女と竹林　森見登美彦
奇想と微笑 太宰治傑作選　森見登美彦編
雪の絶唱　森村誠一
エネミイ　森村誠一
復活の条件　森村誠一
マーダー・リング　森村誠一
夜行列車　森村誠一
サランヘヨ 北の祖国よ　森村誠一
魚葬　森村誠一
日本アルプス殺人事件　森村誠一
密閉山脈　森村誠一
雪煙　森村誠一
エンドレスピーク(上・下)　森村誠一

遠野物語　森山大道
ラガド 煉獄の教室　両角長彦
大尾行　両角長彦
便利屋サルコリ　両角長彦
ぶたぶた日記　矢崎存美
ぶたぶたの食卓　矢崎存美
ぶたぶたのいる場所　矢崎存美
ぶたぶたと秘密のアップルパイ　矢崎存美
訪問者ぶたぶた　矢崎存美
再びのぶたぶた　矢崎存美
キッチンぶたぶた　矢崎存美
ぶたぶたさん　矢崎存美
ぶたぶたは見た　矢崎存美
ぶたぶたカフェ　矢崎存美
ぶたぶた図書館　矢崎存美
ぶたぶた洋菓子店　矢崎存美
ぶたぶたのお医者さん　矢崎存美
ぶたぶたの本屋さん　矢崎存美
ぶたぶたのおかわり！　矢崎存美
学校のぶたぶた　矢崎存美
ぶたぶたの甘いもの　矢崎存美
ダリアの笑顔　椰月美智子
シートン（探偵）動物記　柳 広司
せつない話　山田詠美 編
眼中の悪魔 本格篇　山田風太郎
笑う肉仮面 少年篇　山田風太郎
鉄ミス倶楽部 東海道新幹線50　山前 譲 編
京都新婚旅行殺人事件　山村美紗
京都嵯峨野殺人事件　山村美紗
京都不倫旅行殺人事件　山村美紗
京都茶道家元殺人事件　山村美紗
一匹羊　山本幸久
明日の風　梁 石日
魂の流れゆく果て　梁 石日 裵 昭 写真

別れの言葉を私から　唯川　恵
刹那に似てせつなく　唯川　恵
永遠の途中　唯川　恵
セシルのもくろみ　唯川　恵
ヴァニティ　唯川　恵
プラ・バロック　結城充考
エコイック・メモリ　結城充考
衛星を使い、私に　結城充考
金田一耕助の帰還　横溝正史
金田一耕助の新冒険　横溝正史
臨場　横山秀夫
臨場スペシャルブック　横山秀夫
ルパンの消息　横山秀夫
酒肴酒　吉田健一
ひなた　吉田修一
カール・マルクス花の御殿　吉本隆明
読書の方法　吉本隆明

リロ・グラ・シスタ　詠坂雄二
遠海事件　詠坂雄二
電氣人閒の虞　詠坂雄二
偽装強盗　六道　慧
殺意の黄金比　六道　慧
警視庁行動科学課　六道　慧
黒いプリンセス　六道　慧
ブラックバイト　六道　慧
戻り川心中　連城三紀彦
夕萩心中　連城三紀彦
白光　連城三紀彦
変調二人羽織　連城三紀彦
青き犠牲　連城三紀彦
ヴィラ・マグノリアの殺人　若竹七海
古書店アゼリアの死体　若竹七海
猫島ハウスの騒動　若竹七海
遺品　若竹七海